官商鬥法
之
16
致命武器
姜遠方 著

目錄 CONTENTS

第一章

雙刃劍

鄭堅開導他說：

「雖然在官場上被歸類為某一派，確實能給你不少好處，可是這是把雙刃劍，一旦這派的領軍人物出了什麼問題，新得勢的派系肯定會不遺餘力打擊失勢的派系，你甚至可能遭受毀滅性的攻擊。」

到了鄭堅家，鄭堅給他們開了門。一個三、四歲樣子的小男孩跑過來圍著鄭莉姐姐姐姐的叫著，看來這個孩子是鄭堅和周娟的孩子。

鄭莉很喜歡她這個弟弟，一下子把他抱了起來，笑著說：「小燁，姐姐這幾天沒來，你有沒有不乖啊？」

小燁說：「我很乖，姐姐，這個哥哥是誰啊？」

鄭莉笑著說：「他是姐姐的朋友，你喜歡他嗎？」

小燁點了點頭，說：「我喜歡，是姐姐的朋友我就喜歡。」

傅華也覺得這個小孩子很乖巧，摸了一下他的腦袋，說：「小朋友，你真乖。」

周娟這時出來說：「小燁過來，別纏著姐姐，姐姐他們有事。」

鄭莉笑笑說：「沒事的阿姨，讓小燁跟著我玩吧，他不礙事的。」

傅華對周娟點了點頭，算是打了招呼。

鄭堅說：「去我書房坐吧。」

鄭莉就抱著小燁和傅華一起跟著鄭堅去了書房。

坐定後，傅華說：「還真被叔叔你說中了，我們辦公室確實出了一個通風報信的人，這傢伙還沒等我從你這兒回去，就把消息通報給了市裏。」

鄭堅笑說：「這再正常不過了，你們駐京辦是什麼地方啊，是你們海川市在京城的耳目、消息靈通之地，這樣重要的地方，領導如果沒有安插一兩個人馬怎麼行？先不要說這些了，先說說你自己的想法吧。」

傅華苦笑著說：「實話說，我現在是兩難，如果服從市政府，我覺得對不起海川的鄉親父老，也對不起自己的良心；可是不服從，我是海川市政府的幹部，又與我應該遵守的職業守則相違背。」

鄭堅說：「小子，那就看你究竟想要什麼了，是你的良心，還是你的官帽？」

鄭莉在一旁有些不高興了，說：「爸爸，你怎麼一來就非逼著傅華做選擇呢？駐京辦是傅華付出了很多心血才經營出今天這個局面的，你讓他放棄，是不是有些不近情理了？」

鄭堅說：「駐京辦這點小地方還能算得上是一個局面嗎？小子，如果你肯為了維護海川美好的環境放棄駐京辦，我絕對會給你一個比海川大廈更好的補償的。」

傅華說：「我目前還沒有要放棄駐京辦這一塊的意思，這倒不是我捨不得這個官位，而是我就算放棄了，也無法阻止海川引進對二甲苯這個項目。我徒然的犧牲自己，不但沒有意義，反而會讓對手覺得可笑。」

鄭堅想想，傅華說的也對，確實，現在海川市政府和馮氏集團彼此都有意願合作對二甲苯的項目，就算傅華拒絕給他們牽線搭橋，他們也可以通過別的方式很快聯繫上的。

鄭莉看鄭堅沉吟不語，不滿地說：「爸爸你也是的，海川離你這麼遠，你去干涉人家的事情幹什麼？你如果不管這麼多閒事，傅華也不會被弄得這麼煩惱。」

鄭堅說：「小莉，你懂什麼，海川是我們的家鄉，你也去過海川，那裏的藍天碧水你不喜歡嗎？難道你就這麼眼睜睜看著它被這些急功近利的官員們毀掉嗎？再說，保護家園、給子孫留一個無污染的環境，不是我們每個人應該盡的義務嗎？大家都坐視不管，我們的家園就完了。」

鄭莉不以為然地說：「你要管，也要在能力範圍之內管，現在你能管什麼？什麼也管不了，你不過是讓傅華一個人在這裏左右為難而已。」

傅華在一旁緩頰說：「小莉，你別這樣說叔叔，他也是為了海川好。」

鄭莉說：「我知道他是為了海川好，可是他也不能光在這裏指責你，自己卻一點辦法也拿不出來啊？」

鄭堅說：「好啦，你不要為了維護自己的男朋友，就把矛頭指向我，我不是正在想辦法嗎？」

這時本來在一旁自己玩的小燁抬起了頭，問：「姐姐，什麼是男朋友啊？」

鄭莉指著傅華說：「男朋友就是好朋友啊，比方說這個哥哥就是姐姐的男朋友，也就是姐姐的好朋友啊。」

小燁聽了，童言童語地說：「那這個哥哥可不可以也做小燁的男朋友啊，我想跟他玩。」

四個大人都被小燁的話逗得哈哈大笑了起來，傅華抱了一下小燁，說：「哥哥當然可以做小燁的好朋友，可以陪小燁玩啦。」

周娟看看時間，已經到小燁該睡覺的時間，就把小燁抱出去哄著睡覺去了。

書房內本來有些針鋒相對的氣氛，經過小燁這麼一鬧，一下子緩和了很多。鄭堅說：「小子，你明天就照你的職務需要，該怎麼做就怎麼做好了，海川市政府那邊我來想辦法對付。」

傅華看看鄭堅，問道：「您這是想到辦法了？」

鄭堅點點頭：「有一點。」

傅華不禁問說：「什麼辦法啊？」

鄭堅說：「我是想利用輿論的力量，看看能不能影響海川市政府的決策。小子，你跟你們市裏面的上層領導有沒有關係特別好的？我製造出輿論後，需要一些有力的人士能在政府作最後決策的時候幫我們說說話。」

傅華苦笑說：「我跟現在的市長關係還算不錯，可這個決策就是他做出來的。」

鄭堅搖搖頭：「那肯定不行，就沒有別人了嗎？」

傅華想了想說：「別的領導跟我的關係也有不錯的。不過沒這個市長那麼好。」

鄭堅說：「這麼說，你算是市長一派的人馬了？」

傅華點點頭：「別人都是這麼認為的。」

鄭堅說：「小子，你這麼做可是有些不明智啊，你這樣是把自己的政治生命全部依託在市長身上，一旦所託非人，你就要跟著倒楣了。」

傅華說：「我本來就非牆頭草之類的人。」

鄭堅開導他說：「我沒說讓你做牆頭草，但有時候你也要為自己多建立些人脈關係。雖然在官場上被歸類為某一派，確實是能給你不少好處，尤其是在這一派系的領軍人物處於上升階段的時候。可是這是一把雙刃劍，一旦這派的領軍人物出了什麼問題，你就要跟著倒楣了，新得勢的派系為了鞏固他們的地位，肯定會不遺餘力打擊失勢的派系，你甚至可能因此遭受毀滅性的攻擊。」

鄭莉在一旁說：「傅華，你可別聽我爸的，他很討厭政府官員，自己一天政府官員都沒做過，他這樣的人哪還有什麼官場經驗可以教導你啊。」

鄭堅不滿地說：「小莉，你不能這麼說，我雖然沒做過一天的官員，可是官場上的事，我跟著你爺爺見過的還少嗎？那時候有多少比你爺爺級別還高的官員被打倒啊？他們不都是因為受到牽連才那樣子的嗎？說到底就是派系鬥爭，這一派得勢，另一派就倒楣，這種事情我看得多了。這都是血換來的教訓。要不是因為這小子是你男朋友，我還不會跟他說呢。」

傅華趕緊說：「叔叔說得是，我受教了。」

鄭堅說：「算你小子乖巧，君子不黨，這是古訓。駐京辦這個地方，可以接觸到領導的範圍可不僅限於市政府，你要學會利用這個優勢，跟各部委的領導都建立起良好的關係，這樣別人就不會僅僅把你視為是某某的人馬了，你也可以借此穩固自己的地位。無論誰得勢，他們都會用得著你，不敢更換你的。」

傅華笑笑說：「幸虧叔叔你沒入官場，不然的話，您還不知道會做到什麼位置呢。」

鄭堅說：「那倒是，我是不願意做，如果真要去做，我現在也是很高級別的官員了。」

鄭莉在一旁笑了起來，說：「爸爸，人家傅華是說客氣話呢，還什麼很高級別的官員，你也不怕笑掉人大牙。」

傅華眼看這兩父女又要爭執起來，趕忙說：「回歸主題，我們還是聽聽爸爸有什麼辦法解決目前的問題吧。」

鄭堅說：「我是這樣想的，我準備動員我們綠鴿子組織的專家學者，讓他們針對對二甲苯落戶海川的危害寫一些學術性的文章，然後在國內有影響力的刊物上發表，從而引起社會大眾的關注，或許這樣能迫使海川市政府改變決策。」

傅華目前也沒有什麼別的辦法，便說：「看來也只好先這麼做了。」

鄭堅拍了拍傅華的肩膀，說：「小子，你也別洩氣，我相信我們只要共同努力，一定能將對二甲苯項目擋在海川之外的。」

離開鄭堅家時，已經很晚了，鄭莉靠在傅華的肩膀上，說：「傅華，我看你跟我爸爸還挺聊得來嘛。」

傅華笑笑說：「叔叔是一個很有閱歷的人，他說的話很有道理，我很願意跟他聊天的。倒是我看你，怎麼對他那麼不耐煩，他畢竟是你的父親，要多尊重他。」

鄭莉說：「要尊重你去尊重吧，我討厭他那種什麼都要說教的架勢，一看到就不舒服。」

傅華勸導說：「小莉，你要諒解叔叔，可能他以前做過什麼讓你不好受的事情，也許也有不得已的理由。」

鄭莉打趣說：「不會吧，你這麼快就成他陣營的人啦？好哇，你願意接受他，你去接受啊，不必非要拉上我。」

傅華笑了笑說：「那可不行，不拉上你，他這個老丈人我可認不下來。」

鄭莉捶了傅華一拳，罵道：「去你的吧，又想把我繞進去。」

第二天，傅華去機場接了穆廣。傅華詢問穆廣什麼時間可以約見馮氏集團的馮董，穆廣急躁的說：「當然是越快越好啦。」

穆廣的急躁讓傅華感到有些奇怪，穆廣幾次來北京都是氣定神閒的，從來沒有像這一次這樣的煩躁，似乎穆廣的心並不在北京。傅華不敢怠慢，趕緊跟馮董約了時間，當天下午就和穆廣去馮董住的飯店拜訪了馮董。

馮董對海川市派出副市長來跟他接洽感到十分高興，雙方都渴望有機會合作，會談的氣氛十分融洽。結束時，馮董接受了穆廣請他去海川考察的邀請，承諾北京的事一忙完，他馬上就會安排去海川考察。

穆廣回到海川大廈，叮囑了傅華在北京要多關注馮氏集團的行蹤，並及早敲定馮董去海川的行程之後，就讓傅華看看能不能訂到回海川的航班，他想要晚上就返回海川。

傅華心中雖然疑問重重，可也不敢多問，就去幫穆廣訂了回海川的機票，穆廣簡單的吃了點東西之後，就坐飛機回去了。

飛機上的穆廣顯得心事重重，他這次來去匆匆，其實是因為他發現了關於關蓮的一些反常現象，才打亂行程，急著趕回海川。他想給關蓮一個突然的襲擊，看看關蓮在自己不在她身邊的時候都在幹什麼，有沒有瞞著他，跟別的男人勾勾搭搭。

關蓮對穆廣來說，是一個極為關鍵的人物，他很多見不得光的事都是透過關蓮辦理的，那些不正當管道得來的錢也都由關蓮經手，他可不敢讓關蓮產生一點問題。

而穆廣最初對關蓮產生懷疑，是在上次跟錢總去玩樂回來開始。

回來的第二天，穆廣去了關蓮那裏。穆廣發覺關蓮見到他並不熱情，沒有像以往那樣見了面就哥哥、哥哥的叫個不停，反而表情淡淡的，似乎並不在意穆廣的到來。其後在床上，穆廣雖然盡力奉承，可關蓮總是無法被他帶動起來，感覺就是一種在應付他的狀態。

作為男人，穆廣對床上女伴的反應是很敏感的，關蓮的舉止表現便讓他明顯感覺到了不對，於是就問關蓮是不是身體有什麼不舒服。

實際上，關蓮當時是心中對穆廣感到了厭煩，她剛嘗到丁益這種健康、陽光四溢的年輕男人的美好滋味，再去和穆廣做那種事，簡直就味若嚼蠟。特別是穆廣那已經有些發福的肚腩壓在她身上，讓她就像吃了一隻蒼蠅一樣的膩味。尤其穆廣還想盡力表現出他的男子氣概，喘噓著在她身上運動不已，更是讓她感到噁心。

不過，關蓮雖然厭惡穆廣，卻並沒忘記穆廣是她的衣食父母，她還沒有本錢跟穆廣拆夥，因此就做出一副病懨懨的樣子來，說自己在穆廣走的這幾天就一直不舒服，又懶得去醫院，所以才會這個樣子。

穆廣對關蓮的回答有些半信半疑，關蓮既又不發燒又不咳嗽的，一點不像是病了的樣子，不過他當時並沒有想太多，更沒想到關蓮是有新的男人，因此還關心的說讓關蓮第二天去醫院看看，檢查一下究竟是什麼毛病。

真正讓穆廣起疑心的，是他要出發去北京的前一天晚上，一場歡好之後，他告訴關蓮自己第二天要去北京，這些日子一直鬱鬱寡歡的關蓮忽然就來了精神，馬上就問他要去北京幾天，穆廣就說準備要在北京逗留三天。

這是他原本計畫好的，預留兩天的時間安排跟馮氏集團見面，剩下一天，他要在北京會會朋友，順便找點好玩的玩玩，放鬆一下。

一聽穆廣要在北京逗留三天，關蓮眼神竟變得閃亮起來，似乎在為自己能在北京逗留三天而感到高興，這不由得讓穆廣警覺了起來。

為什麼關蓮會因為自己出門而感到高興呢，這和她以往表現出來的可是大不一樣啊，以前她都會表現出黏著自己、捨不得自己離開的樣子，現在卻好像巴不得自己趕緊離開她的身邊。一定是發生什麼事情了。

穆廣本就是一個心機很重的人，他馬上就想到自己那次跟錢總出去玩回來時關蓮的異常表現，就是在那之後，關蓮對自己的態度開始有了很大的不同，如果說真的發生了什麼事，肯定是在那次自己出去遊玩的期間發生的。

雖然關蓮平常在穆廣面前表現的十分依戀穆廣，可是穆廣也還沒愚蠢到相信這個年輕貌美的女子就是全心全意的愛上了他，他更願意相信的是，這個女人迷戀的是他的權勢，迷戀他能給她帶來的財富，而他享受的則是關蓮的美麗和她散發著青春氣息的身體，他覺得這是一種互惠的利益關係。

加上關蓮現在已經是穆廣跟海川商界接觸的一個媒介，關蓮對穆廣的重要性就不言而喻了，穆廣可不敢冒險讓關蓮這個環節出什麼問題，於是很想知道導致關蓮變得異常的原因。可是如果直接逼問關蓮，她肯定會徹底否認，並且馬上就會隱藏起所有可能暴露她不軌的痕跡。因此最好是想辦法調查一下，把事情徹底搞清楚。

可眼下他去北京的行程無法改變，因此只能帶著滿腹心事去了北京。幸運的是，北京之行事情辦得很順利，穆廣便想立即趕回海川，趁關蓮不知道他回海川時，看看關蓮究竟在做什麼。

飛機到海川機場的時候，才晚上八點，穆廣在酒店房間裏熬著時間，好不容易熬到了十一點，穆廣猜測這應該正是關蓮在外面活動的時候，這時候去，她應該是不在家的，就搭車來到了關蓮的住處。

掏出鑰匙開門時，穆廣猶豫了一下，他一定要揭露關蓮嗎？如果關蓮真的趁他不在時溜出去鬼混，他要怎麼對待她呢？

穆廣開了燈，輕輕走向了關著門的臥室，穆廣平靜了一下情緒，做好應對的心理準備。萬一關蓮正在和一個他不知道的男人鬼混，那時候自己要怎麼辦？上演捉姦在床的戲碼嗎？

不！他是不能把事情鬧大的，鬧大了他會先倒楣。想到這裏，穆廣幾乎要放棄了。

可是人的心理就是這麼奇怪，明明知道不好，可就是難以抑制的想要知道，穆廣深吸了一口氣，扭動門把，打開了門。

門吱的響了一聲，穆廣被嚇得心顫動了一下，門內卻並沒有什麼響動，穆廣定下神來，就著外面的燈光看向床上，看到關蓮躺在床上睡得正酣。

穆廣一下子洩了氣，心裏暗罵自己疑神疑鬼，沒事自己嚇自己，關蓮如果真有什麼不軌，又怎麼會一個人在家裏睡覺呢？看來這個女人對自己是忠誠的。

穆廣心中有些歉疚，自己實在不應該因為她一時的冷淡就懷疑她。經過半夜的折騰，穆廣也有點累了，他爬上床，摟著關蓮，不久就睡著了。

穆廣醒來時，關蓮正看著他，說：「哥哥，你不是說要去北京三天嗎？怎麼一天就回來了？」

穆廣說：「事情辦得很順利，就趕回來了。」

關蓮笑著說：「哥哥你也是的，要回來也不事先打個電話讓我等你，你這樣半夜偷偷進來，是要嚇死人的，你知道嗎？」

穆廣看著關蓮，半開玩笑半試探的說：「你怕什麼？不會是瞞著我又找了一個野男人吧？」

關蓮撒嬌說：「去你的，你以為我是什麼人啊？我會那麼隨便嗎？再說，這世界上也不會再有別的男人像哥哥這麼疼我了。我說害怕，是因為人家半夜醒來，卻有一個男人睡在我身邊，你說我害不害怕？差一點就要喊救命了。」

穆廣對關蓮的說法很滿意，他抱緊了關蓮，安撫說：「是我不好，是我太想寶貝你了，也沒顧慮時間就跑來了，嚇壞了你吧？」

關蓮笑說：「也沒有啦，幸好我馬上就認出是你了，心裏一下子就安定了下來。」

穆廣睡了一夜，疲憊的身體已經恢復過來，此刻再抱著關蓮如暖玉般的身體，不免又有些情動，於是說：「嚇著小寶貝是我不好，就讓我來好好安慰安慰你吧。」

兩人不免又顛鸞倒鳳了一番。

這一次關蓮顯得很熱情，穆廣也盡力逢迎，倒也是戰得酣暢淋漓，穆廣不光是身體上感到舒服無比，心裏也因為疑竇盡去，十分的舒暢。看看天光已經有些亮了，穆廣不敢久待，匆匆就離開了。

關蓮看穆廣出了門，這才長出了一口氣，躺倒在床上，嘴裏罵道：「這個王八蛋，竟然跟我玩偷襲這種花招，幸好姑奶奶我夠謹慎，不然還真是被你抓到了呢。」

原來關蓮已經注意到穆廣懷疑的眼神，她是什麼人啊，她是那種被訓練出來、要靠男人吃飯的女人，察言觀色是她的本能。關蓮當時意識到壞了，可能是自己一些無意識的動作讓穆廣察覺到了什麼。

關蓮原本想趁穆廣不在海川的這三天去跟丁益幽會，她知道丁益這個小情郎很喜歡她，因為就算她不接丁益的電話，丁益還是不斷的打來，試圖約她出去。

關蓮很渴望再跟丁益好好地歡好一次，那種美妙的滋味讓她欲罷不能。可是穆廣在海川的時候她不敢離開家，只有在穆廣不在海川時，她才有膽量出去幽會。

現在穆廣對她產生了懷疑，按照關蓮對穆廣的瞭解，他肯定會想辦法弄清楚事情的原委，那他這次去北京三天就有些值得懷疑了，會不會他故意跟自己說是三天，實際上不用呢？

關蓮馬上就在心裏權衡了利弊，雖然她很享受跟丁益在一起的那種快樂，可是這種快樂是短暫的，並不能給她帶來什麼實質性的東西。何況丁益並不知道她是一個什麼樣的女人，如果他知道自己是穆廣的情婦，甚至在成為穆廣的情婦前，是個要靠出賣肉體賺錢的女人，還會像現在這樣喜歡她、迷戀她嗎？

關蓮並不是一個浪漫至上的女人，她很容易就得出結論，丁益如果知道她的身分，肯定會將她棄若敝屣的。

丁益這種男人好是好，可是對她而言，只能偶爾在一起玩玩，不可能成為長期飯票的。而穆廣則不同，就算他只是在玩弄自己，可是他是能帶來實質利益的人，就算有一天他玩夠了，他帶來的財富也會讓自己後半輩子衣食無憂。

於是關蓮很快就做了決定，就算穆廣真的去北京三天，她也不能在這期間冒險去跟丁益幽會，她要做一個老實本分的情婦，待在家裏等著穆廣。

老天沒有辜負她的這番苦心，關蓮半夜醒來，看到穆廣睡在自己身邊，證實了她的猜測是正確的。

穆廣離去後，躺在床上的關蓮就想到了丁益，她忽然有一個奇妙的想法，如果這時候去找丁益幽會，是不是很妙呢？一來穆廣剛離開，絕對不會想到自己立刻就去找情郎幽會；二來在這清晨時分，很多人還在睡夢中，沒什麼人會特別注意自己的行蹤。

想到這裏，關蓮有一股難以抑制的衝動，馬上就撥通了丁益的電話。

丁益接了電話迷糊的問道：「誰呀，這麼早？」

關蓮說：「是我，你現在一個人在家嗎？」

丁益呆住了，他沒想到會是關蓮，頓了一下說：「是我一個人，怎麼了？」

關蓮笑笑說：「我想你了，你在家等我，我馬上就到。」

幾分鐘後，關蓮坐著計程車到了丁益家。丁益開了門，關蓮什麼話也沒說，上來就吻住了丁益。丁益也想念關蓮很久了，立即回吻她，兩人撕扯著就進了臥室，臥室內頓時春光旖旎了起來……

丁益把早餐放到關蓮的面前，關蓮說：「好香啊，沒想到你還會做早餐。」

丁益笑笑說：「只要你願意，我可以天天做給你吃。」

關蓮說：「別說這種傻話來騙我了，我又不是什麼都不懂的小女孩。」

丁益發誓說：「我是認真的，我很想天天都見到你。」

關蓮心知自己不可能天天都來陪丁益，她也不知道該如何去跟丁益解釋，只好說：「我真的很餓了，我要吃了。」便埋頭專心對付起早餐來，借機回避掉了丁益的示愛。

丁益看了關蓮一眼，他一向是個很自傲的男人，長得帥，家世又好，往往都是女人先向他示愛，像這樣子由他主動向女人求愛的情況很少，沒想到關蓮根本就不正面回應，讓他不免有些尷尬。

關蓮已經在丁益這兒得到了想要的東西，知道該趕緊離開了，不然的話，一旦陷身於情郎的柔情蜜意之中就很危險了，這種誘惑越來越大，她很怕自己會難以自拔，可是這種美好對她來說是不現實的，就怕猶如飛蛾撲火，等待她的將是粉身碎骨的悲慘命運。

關蓮匆匆吃完早餐，就說：「謝謝你的早餐，我要回去了。」說完就往外走。

丁益一把抓住了關蓮的手腕，說：「誒，你不能總是這樣吧？每次都這樣匆匆離去。這一次你離開，是不是又要好長時間不理我啊？為什麼你要這樣，你能給我個解釋嗎？」

關蓮掙扎地說：「如果我說我沒什麼可跟你解釋的呢？」

丁益不解地問道：「你的身體告訴我，你是喜歡我的，為什麼你就不能公開的跟我在一起呢？你在怕什麼，穆廣副市長嗎？」

關蓮臉色變了，丁益的話擊中了她的要害，她惱羞成怒的叫道：「你說什麼？你把我跟穆廣副市長扯到一起幹什麼？誰跟你說我和穆廣副市長有關係來著？」

丁益看了關蓮一眼，關蓮的憤怒似乎更說明了她和穆廣之間的關係不簡單，便說：「你別在我面前演戲了，有人告訴我，你在北京的公司就是穆廣幫忙辦起來的。」

不用說，這個爆料人就是傅華了，這件事情也只有傅華知道，關蓮心中不禁暗罵傅華多嘴，也有些後悔不該來招惹丁益了。自己真是賤，怎麼就是控制不住要來找他呢？

穆廣曾經很嚴肅的跟她講過，丁益跟傅華走得很近，很可能會從傅華那裏知道自己的底細，再三警告她不要招惹丁益。現在好了，丁益直接點出自己跟穆廣的關係，自己要怎麼去跟他解釋呢？

這一刻，關蓮不由得恨起傅華來了，她覺得是傅華讓她在丁益面前陷入無法解釋的窘境。不過，既然無法解釋，索性就不去解釋好了，反正就算解釋，丁益也不一定會相信。

關蓮看了丁益一眼，說：「我跟你說了，我沒什麼可跟你解釋的，我就是這個樣子，你如果接受，可能我還會跟你聯絡；如果你無法接受，索性我們就不要再見面了。」

丁益愣住了，他沒想到關蓮竟是這個態度，這個女人可以很投入的跟自己歡好，也可以馬上就絕情的跟他斬斷情絲，真是一個讓人捉摸不透的女人啊。

這讓他有些困惑，也更讓他不捨，便說：「你為什麼要這樣啊？如果你遇到什麼難題，說出來，我可以跟你一起解決的。」

關蓮心裏暗自覺得好笑，心說：我如果全跟你說了，你能接受我是穆廣情婦這個事實嗎？你現在跟我這麼甜蜜，是因為你對我的身分還沒有完全摸清，如果你摸清了我是什麼人，你一定不會再在意我的。

關蓮冷冷地說：「我都跟你說了，你如果不願意接受，你就說一聲，我就當我們之間什麼都沒發生過，可以了吧？」

丁益苦笑說：「當做什麼都沒發生，這可能嗎？」

關蓮絕決地說：「我們還是算了吧，丁益，我也不想跟一個老是想探究我根底的人來往，我沒想從你那兒得到什麼，所以你也沒必要對我尋根問底的。」

丁益難捨地說：「我不要，我放不下你。」

關蓮搖搖頭，說：「你這又是何必呢？」

丁益痛苦地說：「我朋友也勸我不要跟你來往，可是不行啊，我就是無法忘掉你。」

關蓮知道這個勸丁益不要跟她來往的人肯定又是傅華了，心中對傅華的恨意又增加了幾分。便說：「那更好啊，你就聽你朋友的話就行了。」

丁益說：「可是……」

關蓮打斷了丁益的話，說：「你不用什麼可是了，你如果還想跟我見面，就不要這麼多可是不可是的。我真的要走了，你以後也不要再打電話找我，我想見你的時候自然會打電話給你，你明白嗎？」

丁益嘆了口氣，他有些無奈的感覺，從來還沒有這種一個女人在跟他睡過覺之後不要他負責的情況，這讓他覺得十分沉重。但丁益最終還是點了點頭，表示自己聽明白了。

關蓮離開後，留下丁益一個人坐在餐廳裏發呆。

第二章

小人得志

鄭堅說道：「屈辱也會變成動力的，我當時一心撲到業務上，結果第一年我的業績就在全公司排名第一，得到大老闆的賞識，沒幾年我就成了那個主管的主管。」

鄭莉在一旁笑說：「我怎麼覺得有點小人得志的味道啊？」

關蓮出了丁益的家，看看周圍並沒有人注意她，就趕緊攔了一輛計程車回了家。

回到家之後，關蓮躺到床上，慵懶的伸了一下腰，她眼前又浮現出丁益的樣子，這才是自己應該擁有的男人。可是這樣美好的男人卻無法常常出現在她的身邊，穆廣像一道不可逾越的障礙橫亙在他們之間，還有那個多管閒事的傅華。

關蓮對穆廣並不感到憤恨，畢竟穆廣是她的衣食父母，傅華就不同了，他拆穿自己的底牌，又是不讓丁益跟自己往來，他怎麼可以這樣對待自己呢？你等著吧傅華，我會讓你知道我關蓮不是那種任人欺負的女人，我會讓你嘗嘗我的手段的。

又過去幾天，傅華陪同馮氏集團的馮董一行人到了海川。金達親自到機場迎接馮董，隨即金達和穆廣在海川大酒店設宴，馮董一行人接風洗塵。

海川市政府算是以很高規格接待了馮董，馮董對此很滿意，在酒桌上多次向金達和穆廣敬酒，感謝對他的盛情款待。

接風宴上，傅華敬陪末座，他顯得神態很平靜，對馮董一行人既不很熱情，也不冷淡，他知道已經無法改變金達和穆廣這些市領導的主張，索性也不去做什麼無謂的反抗。

晚宴結束後，金達和穆廣送馮董回到酒店，這才跟馮董分手。

金達離開酒店時，特別把傅華叫到身邊，表揚傅華這一次的工作態度，傅華笑了笑，沒說別的，他現在對金達的表揚絲毫沒有興奮的感覺，他知道自己和金達之間早已不同於當初金達在黨校學習的時候了，現在的金達已經跟他漸行漸遠了。

第二天，穆廣和傅華等人陪同馮董去了幾個可能設址建廠的地方，這些地方都在海邊，離人群相對較遠，還沒有做過什麼人工開發。

傅華跟在人群中，看著這片還沒遭受人工破壞的地方，心裏不由得暗自嘆氣，這是多麼美好的環境啊，不久的將來，藍天碧水便會不見，取代的是一排排高聳的煙囪，天空再也見不到藍色，而是被化工廠排出的廢氣籠罩成灰濛濛的一片。傅華痛苦地想到自己也是造成這種局面的罪人之一。

馮董和穆廣卻根本就沒有傅華這種體認，他們興致勃勃的看著周邊的環境，探討著項目選址建廠所需要的所有條件，交通是否便利，電力設施如何架設，人員如何招聘，不時有工作人員上前跟馮董和穆廣解釋說明怎樣做可以解決這些問題。

馮董似乎對此很滿意，不時和穆廣發出很響亮的笑聲，似乎他已經可以在這個地方大展拳腳了。這讓傅華越發的沮喪。

接連幾個地方看下來，馮董和穆廣等人就都有些吃不消了，回到酒店，馮董簡單的吃了點東西，就回房休息了。主角休息了，陪同的人員也就各自回去休息了。傅華也回到房間，躺在床上跟鄭莉說了一會兒情話，就掛了手機想要睡覺。

這時丁益的電話打了來，想要約傅華出去喝酒聊天。傅華因為第二天還有行程要繼續跟著跑，便說：「丁益，我今天實在沒精神了，反正我還要在海川待幾天，改天我約你吧。」

丁益不好勉強，只好鬱悶的掛了電話。

第二天，馮董、穆廣等人繼續考察行程，又跑了幾個更遠的地方，考察完，馮董似乎對離海川近一點的地方比較感興趣，最後初步選擇了兩處地點，說要回去跟董事會商量，再確定要選擇哪一處。

這算是確定要選址在海川了，穆廣十分的高興，傅華心中卻只剩下沮喪了。

一行人回到海川的時候已經是晚上，穆廣臨上車時，對傅華招了招手，傅華走上前去，說：「穆副市長，您有什麼指示？」

穆廣沉著臉說：「明天上午你到我辦公室裏來，我有話跟你說。」

由於考察選址已經累了兩天了，明天馮董說要在房間裏休息一天，因此傅華並沒有什麼陪同的行程，便說：「好的，明天上午我會過去的。」

穆廣若有深意的看了傅華一眼，沒說什麼就離開了。

傅華拖著一身的疲憊，可是他已經答應了丁益要陪他聊天，因此還無法回房間休息，就打電話給丁益，丁益不一會兒就過來了。

兩人去了豔后酒吧，丁益點了兩杯「地震」，傅華喝了一大口，頓時精神為之一振，這才對丁益說：「好了，你可以開始跟我倒苦水了。」

丁益訝異地說：「你怎麼知道我要向你訴苦？」

傅華笑說：「雖然我勸你不要跟關蓮往來，不過估計你也不會聽我的，想來你這麼急著找我聊天，一定還是跟關蓮有關。」

丁益苦笑了一下，說：「傅哥，被你猜對啦，我還真是想跟你聊聊關蓮這個女人，你說她跟穆廣究竟是一種什麼關係啊？」

傅華看了丁益一眼，說：「我說的你又不會聽，你還問我幹什麼？」

丁益陪笑著說：「傅哥，你就說嘛，我現在心裏一點底都沒有，很想聽聽你的意見。」

傅華搖搖頭，說：「你這又是何苦？你心裏應該有答案了，不是嗎？」

丁益仍抱著一絲希望說：「不，我心裏並沒有答案，她跟穆廣的關係可能有很多種，不一定就是像你想的那樣。」

傅華反問說：「那你認為我想的是怎樣？」

丁益說：「你肯定是認為關蓮是穆廣的情人，對不對？」

傅華說：「這種可能性是最大的。」

丁益說：「那就不能排除還有別的可能，也許真的像穆廣說的那樣，她的父親跟穆廣很好啊。」

傅華心中有點替這個好朋友不值，他覺得丁益是被關蓮迷住了，因此才自欺欺人的不往壞的地方去想。他知道再怎麼去勸丁益都是沒用的，在這種情形之下，只能等丁益自己醒悟過來才行。

傅華端起酒杯，又喝了一口，然後說：「隨便你怎麼想了。」

丁益瞅了傅華一眼，說：「你現在好了，又有了女朋友，甜蜜著呢，我就苦了，碰到了這麼一個女人，想不理她吧，卻又放不下；但跟她好好相處吧，見她一面都很難。」

傅華取笑說：「你也可以像我一樣，找一個正常的女人戀愛啊。我就奇怪了，這個關蓮究竟有什麼好，讓你這麼迷戀？」

丁益無奈地說：「悠然心會，妙處難與君說啊。」

丁益端起了酒杯，說：「來，喝酒，不去說這些煩心的事了。」

兩人碰了下杯，各自把杯子中的酒乾了。

這一晚，傅華和丁益並沒有在酒吧裏待到很晚，一來傅華第二天還要見穆廣；二來，丁益也無法從傅華那裏找到解決的方案，悶酒喝起來就更無趣。兩人聊了一會兒，就早早的散場了。

第二天，傅華趕到穆廣的辦公室，穆廣親自給傅華倒了一杯水，說：「傅主任，我看這一次馮董對我們海川的考察算是很滿意，項目落戶海川基本上已無異議，這一切你居功甚偉啊。」

傅華心說這個功勞我並不想要，不過事情既然已經這樣了，他再去抱怨不但會討人厭，而且是徒勞的，便笑了笑說：「穆副市長，您把我表揚的有點過了，我不過做了本職工作而已。」

穆廣說：「那可不止，我昨晚跟金達市長通過電話，彙報了馮氏集團考察的情況，他聽了十分高興，也是大大表揚了你；還說等這一次馮氏集團確定正式落戶之後，就給你和駐京辦請功呢。」

傅華笑了笑說：「那就謝謝市政府對我們駐京辦工作的支持了。」

話說到這裏，傅華感覺穆廣還沒說出他找自己來究竟是為了什麼，穆廣不可能把自己專門找來就為了說幾句誇獎的話，便看了看穆廣，說：「穆副市長，您還有別的什麼指示嗎？」

穆廣笑笑說：「指示倒沒有，只是有一件事我需要跟你解釋一下。」

傅華愣了一下，隨即說：「您這話說得有點重了，您是領導，有什麼事請吩咐就是啦，不需要跟我解釋的。」

穆廣說：「這件事情我確實需要跟你解釋一下的。你還記得我當初私人拜託你在北京幫過我一個忙嗎？就是我朋友的女兒在北京開辦公司的事情。」

傅華心裏咯登一下，穆廣怎麼突然提起這件事情來了，難道關蓮和丁益之間的事被穆廣發現了？不對啊，穆廣發現關蓮與丁益有來往也不會聯想到自己啊，那還會有什麼事情呢？為什麼穆廣突然要跟自己解釋這件事情呢？

傅華心裏飛快的思索著原因，嘴裏應道：「記得啊，怎麼了穆副市長，是不是工商方面出了什麼事情啊？」

穆廣笑了笑說：「沒有啦，傅主任你別緊張，是這樣的，你可能對我委託你去辦這件事有什麼誤會，以為我和關蓮小姐有什麼很深的關係，加上關蓮小姐的公司現在又在海川有了些業務，更容易讓人產生聯想。這一點我想你弄錯了，當初我是因為關蓮小姐的父親跟我私交很好，磨不過面子才拜託你幫她辦這件事情的，我跟她之間並沒有很深的交情，她到海川來發展業務，也是憑她個人的能力，我絲毫沒有插手幫她的忙。」

傅華被說得後背上冷汗直流，穆廣雖然嘴上說得很客氣，可是實際穆廣的意思是在說傅華在他背後造謠污蔑他和關蓮有曖昧關係。

這種指責出於上級之口是相當嚴厲的了，傅華自然很緊張啦。

他只在一個人面前說過這些，那就是丁益，難道是丁益跟穆廣發生過衝突，所以把自己告訴他的事說了出來？應該不會吧，丁益並不是一個冒失的人。但不管怎樣，這肯定是丁益洩露出去的，傅華心裏暗罵丁益真是混蛋，這是要害死他啊。

他裝作不知情的說：「穆副市長，我不知道您為什麼要跟我解釋這個。您當初讓我幫關蓮小姐辦公司註冊的時候，就跟我說過那是您私人的事情，我知道您公私分明，所以從來沒有在別人面前提過這件事情。您突然跟我解釋這個，這裏面是不是有什麼誤會啊？」

這時候，傅華自然不能承認自己跟別人說過這件事，只好硬著頭皮否認。

穆廣用懷疑的眼神看了看傅華，問道：「你真的沒告訴過別人嗎？」

傅華堅決的點點頭，說：「真的沒有。」

穆廣笑說：「沒有就好，其實呢，我是怕別人對我和關蓮小姐有一些不正當的聯想，身為一個領導，讓下面的同志有這種聯想，影響是很不好的，所以呢，我希望你不要再在別人面前提起這件事情，你也知道現在的社會風氣，都認為領導成天就是烏七八糟的，原本我和關蓮關係很簡單的，如果被人們知道了這件事，他們就會胡亂聯想，到時候還不知道會把我們說成什麼樣子呢。」

傅華趕忙說：「我知道，我會嚴守這個秘密的。」

穆廣點了點頭，笑笑說：「我相信你會做到的，你這個同志還是很謹慎的。好啦，你也累了兩天了，回去休息吧。」

傅華說：「那我走了。」就離開了穆廣的辦公室。

穆廣在背後注視著傅華的背影，眼神中閃現出了一絲惡毒。

他不相信傅華沒跟別人說過他和關蓮的關係。關蓮昨晚告訴他，說海川一個跟她根本不熟的商人昨天找到公司去，想要拜託她找穆廣辦些事情。她因為並不熟悉這個人，就以自己跟穆廣不熟為由拒絕了。可那個商人卻糾纏不休，說他確信關蓮和穆廣的關係很不錯，他是真心想要拜託關蓮辦事的，並且一定會給關蓮相應的好處。

關蓮說，她問那個商人怎麼能確信自己跟穆廣副市長關係很好？那個商人笑著說駐京辦的主任傅華告訴他，關蓮的公司就是穆廣拜託他在北京幫忙註冊的。

穆廣一聽氣炸了，立即破口大罵起傅華來。一個鬼祟的人被人窺到了內心中最隱秘的事，這怎麼不讓他生氣呢？他絲毫沒有懷疑關蓮說的這一切都是她編造出來的。

穆廣立時就想要如何去整治一下多嘴的傅華，不過他很快冷靜下來，現在的形勢沒有給他整治傅華的機會，金達對傅華的信任還正盛，這一次的對二甲苯項目，傅華雖然並不情願，可這大功的賬總還是算在傅華頭上的，這時候想要去對付傅華顯然是不明智的。

不過穆廣也不能就這麼坐視不管，如果放任傅華繼續散播他和關蓮關係密切的消息，那不但會給他造成十分惡劣的影響，也會讓他透過關蓮從事不法的行為暴露。最後，穆廣

決定親自跟傅華談一下話，是提醒也是警告傅華，讓他不要再多嘴了。於是才有了今天的這場會面。

出了穆廣辦公室的傅華也是氣壞了，他沒想到自己好心提醒丁益，卻反被丁益出賣。傅華知道穆廣是一個心機很重，很善於掩飾自己的人，他洩露了這樣一個人的隱私，還不知道穆廣在心中怎麼恨他呢。

傅華正要準備回賓館休息，手機響了，一看是市委書記辦公室的電話，傅華不敢怠慢，趕緊接通了。

打電話的是張琳的秘書，說張琳書記想要見他，問傅華有沒有時間。市委書記想要見自己，傅華哪敢說沒時間，直接就去了張琳的辦公室。

見到傅華，張琳問候著說：「傅華啊，你可是好長時間沒到我辦公室坐一下了。」

傅華被說得有些窘，便笑笑說：「不好意思啊，張書記，我這段時間遇到了很多事情，有些工作就疏於跟你彙報了，希望你別介意。」

張琳說：「我怎麼會介意，我知道你這段時間遇到難關，老婆跟你離婚了，私人方面肯定會有很多事情要處理，你還能堅持管理好駐京辦的工作，很不容易啊。」

傅華心裏感覺十分溫暖，他剛熬過一段艱難的歲月，張琳的話一下子就說到了他的心坎上了，他感激地說：「謝謝張書記您的體諒。」

張琳笑著說：「這是應該的，坐吧。」

傅華坐了下來，張琳看著他說：「傅華啊，金達同志跟我彙報，說你這次又給海川帶了一個大項目？」

「應該不算是我的功勞，是發改委的朋友給我推薦了一個石油化工的項目，市政府方面得知後十分的重視，派穆廣副市長親自到北京接洽的。」傅華回說。

張琳說：「那這功勞也少不得你一份。」

傅華忙說：「沒有，招商引資本來就是駐京辦的職責，我不過是盡責而已。」

張琳聽了說：「你有這個態度是很好的，不過，我聽說這個項目有些不好的負面因素，比方說對環境污染很大，不知道你清不清楚啊？」

張琳突然問起關於項目的污染問題，一下子讓傅華給難住了，他確實很清楚這個項目是有很大的污染性，可是清楚歸清楚，這些情況卻並不適合在張琳面前說。

張琳和金達之間現在的關係很微妙，傅華不清楚張琳問這個究竟想要做什麼，是想幫金達避免問題的發生，還是想要借此找金達的麻煩，打擊金達？

傅華摸不清張琳的意圖，就不好決定該如何回答。一旦自己如實回答了，因而打擊到金達，那他就是在金達背後告狀的人；這不但會有損自己和金達的關係，也會給其他領導一種首鼠兩端的感覺。

傅華謹慎地問道：「張書記，您突然問這個幹什麼？」

張琳笑了笑說：「也沒什麼，是有人跟我彙報說，你對這個項目是有疑問的，尤其擔心對環境的污染問題，原本並不想把這個項目帶到海川來，我就很納悶，這個項目金達同志跟我彙報的內容是有百利而無一害，怎麼你這個最先的牽線人卻會反對呢，所以把你找來問一問。」

傅華看了張琳一眼，這個看似弱勢的市委書記也很不簡單啊，竟然對市政府的情況瞭若指掌，連自己反對這個項目都知道。自己的反對意見只對金達和穆廣兩個人說過，這說明他在金達或者穆廣身邊是安排了自己人的。這些領導們，包括金達，一個個都是心機重重的傢伙，自己還真不是他們的對手啊。

傅華解釋說：「張書記，現在市府方面已經形成決議，要全力引進這個項目，我作為市政府的一員，應該服從這個決議的。」

張琳搖了搖頭，說：「傅華啊，你怎麼連句真話也不敢講了，以前你可不是這個樣子的啊？」

傅華不好意思地乾笑了一下說：「張書記，您也知道市政府既然有了決議，我位卑言輕，反對也是沒有用的。」

張琳說：「傅華啊，你誤會我的意思了，我不是要反對這個項目，我是想要聽取一點全面的意見，你如果顧忌太多，那就算了。」

張琳這麼說，反而讓傅華不能不說了，加上這幾天的考察下來，他越發不忍讓海川的大好環境毀在自己引進的這個項目下，也許他可以借用張琳的力量，反對這個項目落戶海川。

傅華便說：「張書記，我不是顧忌太多，而是我已經把我的反對意見彙報給金達市長，我想可能您已經知道我的觀點了。」

張琳說：「我如果真的知道了，也不會再來問你啦。」

傅華便把自己從鄭堅那裡知道的關於對二甲苯的危害性又跟張琳重複了一遍。

張琳聽完，若有所思，也沒明確表態，只是說：「原來是這樣啊，我知道了。」

傅華從張琳臉上看不出有反對這個項目的意思，心中未免有些失望，也有些灰心，便想趕緊離開張琳的辦公室，於是說：「張書記，詳細情形我也跟你彙報了，您如果沒有別的指示，我就回去了。」

「行，你回去吧，你個人的事情也別太有包袱，現在離婚也沒什麼，以你的條件還可以找一個更好的，需要的話，我也可以幫你介紹一個。」張琳說。

傅華點點頭說：「謝謝張書記的關心，我自己的問題我會解決的。」

張書記笑笑說：「那就好。」

休息了一天之後，馮董一行人跟海川市政府方面展開了談判，出於重視，金達和穆廣都參加了會議，傅華也一同列席。

令傅華滿意的是，談判一開始，金達就向馮董強調了環保的重要性，要求馮氏集團將來如果項目確實落地海川的話，一定要選用最先進最完善的環保設施，以儘量避免項目對海川環境的污染。

馮董接受了這個要求，他表示馮氏集團向來是以保護環境為己任，每個項目都選用國際最先進的環保設備。這雖然不能完全避免對二甲苯項目對海川環境的危害，但馮董的表態從協議層面上最大限度降低了對海川環境的危害，讓傅華心裏多少舒服了一點。

會議繼續就一些徵地、建廠的配套設施進行了談判，海川市政府為了吸引項目的落戶，釋出了許多優惠的措施，馮氏集團對此還算滿意，雙方很快就大的框架達成了初步協議。談判到此算是暫告一個段落，其他的細節部分則需要等雙方確定接受這個初步協議之後才能細化。

會議結束後，金達把傅華叫到了辦公室，問道：「傅華啊，昨天你找過張書記？」

傅華愣了一下，看來金達也不是省油的燈，他也在關注張琳的動態。傅華心中有些反感金達也搞這一套，心說官場還真是一個大染缸，像金達這種原本很有原則的幹部最終也變成有手腕搞心機的人了。

傅華自認問心無愧，便笑笑說：「不是我找張書記，是張書記找我想瞭解一下馮董這個項目。」

金達聽了，問說：「張書記找你瞭解這個項目？他都瞭解了些什麼？」

「主要是問項目可能帶來的污染情況。」傅華回答。

金達看了傅華一眼，問道：「那你怎麼說的？」

傅華說：「我當然就是如實反映了。」

金達有些不高興的說：「這麼說，你把之前跟我說的反對這個項目的那一套意見都跟張書記說了？」

「對啊。」傅華老實承認了。

金達抱怨道：「你就是這一點不好，我不是跟你講了嗎，你說的那些只是理論層面的東西，尚且存疑，你去跟張書記說這些幹什麼啊？這不是故意讓張書記對這個項目產生疑慮嗎？」

傅華苦笑著說：「我已經跟張書記說了我遵從市政府決議的態度了，可他說想聽聽我個人對這個項目的看法，我沒辦法，只好如實講了。」

金達埋怨道：「你這個人啊，叫我說什麼好呢？你這不是幼稚嗎？你這種做法很容易被人利用來反對這個項目啊，也可能給我們市政府的工作造成不必要的麻煩。」

傅華對金達這種說法有些不滿，雖然金達是他的上級，可是他提出反對的意見也不是沒有道理，金達卻一再的責備他，這樣就有些過分啦，他說：

「金市長，我不過是如實反映自己的看法而已，這些看法我也已經跟您彙報過了，我覺得如果引進的這個項目連我這點質疑都無法承受的話，只能說明項目本身是有問題的，這樣的話，我想領導們倒是應該好好考慮一下是否真的要把這個項目引進海川了。」

金達被嗆了一下，他接任市長以來，傅華一直表現得對他很尊重，他沒想到傅華會這麼嗆他，便有些不高興的說：

「傅華，你這是什麼態度啊，這是你跟領導說話應該有的態度嗎？」

傅華不禁對鄭堅跟他說不要把希望都寄託在一個人身上的體會更深了，確實是每個人都有自己的一套想法，他們優先考慮的都是自己的利益，根本就不在乎你跟他還是朋友什麼的，也許現在只能說曾經是朋友了。自己還真是幼稚，到現在還對金達心存幻想。

傅華看了眼金達，說：「金市長，我這是實事求是的態度，我不認為跟領導說話就需要改變這種態度。什麼時候您連句真話都不敢聽了？我想您大概忘記了您曾經為了堅持原則而跟徐正市長據理力爭的樣子了吧？」

傅華這段時間接連受到穆廣、金達的指責，連張琳也態度曖昧不清的攪進來，讓他感覺到心裏窩囊透頂了，現在金達又拿出領導那一套居高臨下的姿態來，他再好的涵養也受不了了，因此忍不住出言譏諷起金達來。

金達臉上青一陣白一陣的，他當上市長以來，除了郭奎，還沒有一個人這麼讓他下不了臺，胸中簡直氣炸了。不過他總還是一個學者出身的官員，受過領導者要有容人之量的教育，因此他並沒有把火氣發作出來，而是端起茶杯喝了口水，借此緩衝一下。

喝完水之後，金達多少冷靜了一點，也覺得自己可能有些過於獨斷專行了，傅華說的也不是沒有道理，自己當初也跟徐正據理力爭過，怎麼現在就不能容許傅華說幾句話呢？

金達放下水杯，有點乾澀的笑了笑，說：「傅華啊，我並不是說你不可以表達自己的意見，可能是我過於關切這個項目，因此表現得有些急躁了。不過你要明白，我這麼做完全是為了我們市裡的經濟發展需要，並沒有私心，這點我跟徐正市長還是有很大的不同的，你應該能體諒我吧？」

金達開口表達歉意，讓傅華鬆了一口氣，剛才金達臉色青一陣白一陣的時候，他是準備迎接金達的雷霆一怒的，幸好金達先退讓了一步，也讓傅華避免了跟金達公開決裂的地步。

傅華相信金達這麼做也是出於爭取政績的原故，便也道歉說：「對不起啊，金市長，

我的話也說得過頭了一點，可能是最近壓力太大，讓我口不擇言了。」

氣氛緩和了下來，金達笑了笑說：

「我知道你現在心裏很矛盾，海川是你的家鄉，你知道對二甲苯項目可能對環境產生危害，心裏自然會很彆扭。說句實話，我心裏也不是那麼接受這個項目，但是你要從另一方面去考慮問題，我們要發展經濟，必然有各種項目被引進，如果這個對二甲苯項目有污染我們就不要，你又怎麼保證後續引進的其他項目就沒有污染了呢？現在的工業項目有多少可以說一點污染都沒有，難道我們就一個都不要了嗎？反倒是上了這個項目之後，我們增加了經濟實力，才能達到拒絕那些污染更大的項目的程度。所以我們做這個決策雖然很痛苦，但還是不能不做。」

金達說的這個道理似是而非，傅華也沒有心力去認真反駁他了，反正反駁也沒有用，便說：「我明白，金市長，現在談判暫時告一段落，我是不是可以回北京了？」

這一趟的海川之行，傅華感覺糟透了，不但受到金達和穆廣的指責，還被丁益出賣，因此只想趕緊逃離這裏。

金達笑笑說：「北京有什麼這麼勾著你回去的？不是你的女朋友吧？」金達又恢復了朋友的口吻。

傅華說：「也不是，工作結束了，我再待在這裏也沒什麼用。」

金達說：「不用這麼急，明天送馮董離開你再回去也不遲。」

第二天，金達設宴歡送馮董，算是為這次接待活動畫上了一個句號。張琳從頭到尾都沒有出面接見過馮董，似乎有意無意的跟這個項目保持一定的距離。

傅華於當天下午就返回北京，鄭莉去機場接他，兩人小別了幾天，見面就有些相思的甜蜜，傅華一出來，鄭莉就迎了過去，兩人的手緊緊握到了一起。

上車之後，傅華訴苦說：「可回來了，這幾天我在海川真是窩囊透了，回來看到你感覺真好。」

鄭莉笑笑說：「好啦，想去哪裡吃晚飯？」

傅華靠過去在鄭莉的腮邊親了一下，說：「去哪裡都無所謂，我只想守著你坐一會。」

鄭莉被傅華的綿綿情話說得有些情動，轉過頭來想要吻傅華，這時手機響了起來，傅華懊惱地說：「誰這麼不識趣啊，單揀這個時候來電話。」

鄭莉笑了，拿起電話一看，是鄭堅的，便對傅華說了聲「是我爸爸的」就接通了。

鄭堅說：「小莉啊，你接到傅華了嗎？」

鄭莉說：「是啊，接到了。」

鄭堅說：「那你帶他來家吃晚飯吧，你阿姨已經準備了一桌子的菜了。」

「那我問一下他，」鄭莉轉過頭，捂著手機問傅華說：「爸爸叫我帶你回去吃飯，去嗎？」

傅華本來只想守著鄭莉靜靜地坐著，不想去應酬鄭堅，但是鄭堅總是鄭莉的父親，這個面子掃不得，便笑了一下，說：「我可以說不去嗎？」

鄭莉說：「當然不可以。」就放開了捂著話筒的手，告訴鄭堅他們過一會兒就到。

掛了電話之後，傅華問道：「小莉，你爸爸怎麼知道我今天回來？」

鄭莉說：「他問過我幾次了，是我告訴他的。」

鄭堅這麼急著見自己，肯定又是與對二甲苯項目有關，臉色不禁沉了下來。

鄭莉看傅華剛才還很高興的表情一下暗沉了下來，便問道：「怎麼，你不想去見他？」

傅華嘆了口氣，說：「你父親找我肯定是為了對二甲苯的項目，我這次回海川，已經為這個項目受到領導的批評，對這個項目煩透了，實在是不想再談它了。」

鄭莉說：「你如果感覺煩悶，可以不去理他嘛，要不我們不過去了？」

傅華想了想說：「這是躲不開的，我們今天不去，明天你父親就會找上駐京辦去了，算了，還是去吧。」

傅華不願意鄭堅找上駐京辦去，那裏領導的耳目眾多，如果讓領導們知道他跟一個反對對二甲苯項目的人物往來密切，那領導們對他的看法會更加複雜的。

到了鄭堅家，周娟已經準備好一桌豐盛的飯菜，小燁見到傅華很高興，黏著傅華讓傅華陪他玩。

鄭堅問：「小子，想喝什麼酒？」

傅華說：「叔叔喝什麼，我就喝什麼吧。」

鄭堅就拿出一瓶裝幀很普通，甚至略顯陳舊的二鍋頭，拿出兩個大杯子，倒了一杯推到傅華面前，說：「我這個人喝酒不囉嗦，都一樣，一家一半，多了也沒有。」

鄭莉瞅了鄭堅一眼，不高興的說：「爸爸，傅華剛從海川回來，你灌他這麼多酒幹什麼啊？」

鄭堅笑說：「嘿嘿，這麼快就護上他了？」

傅華對鄭莉說：「沒事的，叔叔也沒讓我多喝，就這一杯我還可以。」

鄭堅說：「對嘛，一杯酒都喝不掉，還算男子漢嗎?來，我們先喝一口。」

鄭堅就碰了一下傅華的杯子，傅華端起酒杯抿了一小口，這一小口下肚，傅華就感覺到了不一樣。這杯酒特別的醇香綿厚，傅華感覺絕非凡品，不由得伸手去把酒瓶拿過來看了一下，卻看不出有什麼不同。

鄭堅說：「小子，喝出這酒的不同了吧？」

傅華說：「我對酒沒什麼研究，但剛才這口酒口感綿厚，看來不是一般市面上可以買到的。」

鄭堅自豪地說：「這酒你當然買不到了，這酒是八十年代初生產的，一直壓在酒廠的倉庫裏，我一個朋友在酒廠是主管，他知道我喜歡喝二鍋頭，前段時間特別幫我弄了幾瓶出來。這瓶二鍋頭，可是經過二十多年的醇化，你就是想要它不好喝都不可能。」

傅華恍然大悟：「難怪我覺得它比那些十年陳釀還要好，原來是二十年的。」

鄭堅笑笑說：「那些十年陳釀都是透過物理方式醇化才達到年份的，哪裏比得上這些自然醇化的酒。」

傅華不禁說：「叔叔你還真是會享受。」

鄭堅說：「也沒什麼，就是喝幾瓶好酒而已，又不是很貴的。好啦，不說這個了，你可以跟我說說你這次回海川那個對二甲苯項目是個什麼情況了。」

傅華黯然說：「還能是什麼情況，雙方一拍即合，已經達成初步合作的意向，馮董拿著初步協議回去同董事會討論去了，我想定址海川只是時間的問題了。叔叔，你不是說會有所行動嗎？我怎麼也沒看你做什麼動作啊？」

鄭堅反駁說：「我可不是一點工作沒做，我已經找專家在國內外著名的科學刊物上發表了關於對二甲苯項目危害性的文章，回頭吃完飯跟我去書房，我再拿給你看。」

兩人就撂下這個話題，繼續喝酒吃飯，鄭堅開始聊起了他在華爾街打拼的歲月，說自己剛到美國時，什麼都沒有，一邊要讀書，一邊還要自己賺生活費，那時一天要打兩份工，一天只能睡三四個小時。

傅華詫異說：「想不到叔叔還過過這樣艱苦的歲月。」

鄭堅笑說：「你小子是不是以為去了美國就吃香的喝辣的啦？不錯，美國是遍地是黃金，可是這黃金也需要有本事的人才能撿得起來。我們外國人過去，不僅要面對賺錢養活自己的困難，還要面對白種人對有色人種的歧視。你知道嗎，我學業完成後，在華爾街找到了一份正式工作，當時的主管動不動就喜歡罵我是中國豬，我恨得牙癢癢的，可是那是在美國，在人家的地盤上，我不得不忍下來。但是我也沒放過這傢伙，你知道後來我是怎麼整治這傢伙的嗎？」

傅華搖了搖頭。

鄭堅接著說道：「屈辱也會變成動力的，我當時就一心撲到業務上，結果第一年我的業績就在全公司排名第一，一下子得到大老闆的賞識，沒幾年我就成了那個主管的主管，我時不時就把他叫進我的辦公室訓他一頓，我想，被一個曾經是他看不起的人老是教訓，他心裏肯定不是個滋味，可是他還得對我畢恭畢敬的。我在那個公司的那段時間，就再也沒看過那傢伙笑過了，我想他肯定鬱悶死了。」

鄭莉在一旁笑說：「我怎麼覺得有點小人得志的味道啊？」

鄭堅笑笑說：「你就是看爸爸不順眼，其實我對那傢伙只是略施薄懲而已，不久我就跳槽到另外一家公司去了……」

周娟做的飯菜很可口，再加上鄭堅這些威風史也是很好的佐酒談資，兩人不久就把杯中酒給喝完了。

鄭堅有些意猶未盡地說：「小子，我有點不過癮，要不我們再開一瓶？」

鄭莉趕忙阻止說：「誒，爸爸，你們可是說好就喝這麼多的，再喝，傅華就要喝醉了。」

周娟也勸阻說：「老公，你喝這麼多已經可以了。」

鄭堅忍不住嘟囔道：「才喝這麼點酒，你們倆就這麼囉嗦，好啦，不喝了還不行？其實我看這小子酒量還可以，應該還能喝的。」

二鍋頭喝起來很順口，可是後勁很大，尤其是這種已經放了二十多年的酒，傅華怕自己再喝下去會出洋相，便笑笑說：「叔叔，我們改天再喝吧。」

鄭堅只得作罷，兩人就隨便吃了點菜。吃完，傅華隨鄭堅一起去了書房，鄭莉知道兩人要談對二甲苯項目的事，她對這個沒興趣，就留在客廳陪小燁玩。

第三章

英雄所見略同

鄭堅笑笑說：「小子，我們想到一起去了，我也覺得網路是最好的一種方式，我考慮把對二甲苯的危害在國內幾家著名的論壇上發一發，讓公眾知道這個項目的危害性。」

傅華說：「看來是英雄所見略同了。」

坐定後，鄭堅拿了幾本雜誌給傅華，傅華看了看，都是一些很著名的學術刊物，上面刊發的文章對對二甲苯做了很深入的研究，一致認為要防範這種化合物對環境帶來的危害。

這些刊物上面的文章代表著行業內頂尖專家的看法，能夠在這上面發表自己的論文，也是一個學者學術地位的象徵，能夠在這些權威刊物上接連發表這麼多文章，不得不說鄭堅活動力很強，也確實為了反對這個項目而有所行動。

傅華看完之後，不禁說道：「叔叔花了不少錢吧？」

鄭堅說：「你這是什麼意思，你以為這些都是我買來的？」

傅華說：「我知道很多公益集團會這麼做，他們想支持某件事情，就會動員很多專家，在一些有影響力的媒體上發表有目的性的文章，操縱輿論導向，有點像西方的政策遊說。」

鄭堅不屑說：「小子，你看扁我了，這都是專家們自願做的，他們也是熱心環保的人士，我可沒花一分錢讓他們做這些事情。怎麼樣，你覺得夠分量了嗎？」

傅華說：「分量是夠了，可是我看沒什麼用處。」

鄭堅愣了一下，說：「小子，這可是很權威的刊物啊，你怎麼能說沒什麼用處呢？」

傅華笑笑說：「我不是說它不夠權威，這些文章是很權威，甚至可以影響國家的政策走向，但是卻不能影響一個地方政府的政策，我想這其中的緣故，我不用說叔叔也該是知道的。」

傅華在海川市政府做過多年市長秘書，深知地方政府是如何做項目運作的，這些反對項目的文章根本就不會被送給領導們看，即使送給領導們看了，領導們為了某些已有的看法也會故意視而不見的。因此這幾篇文章雖然很有分量，實際上是不會影響到海川市政府的決策的。

鄭堅沉吟了一下，很快就想明白了其中的道理，然後苦笑著說：「是啊，地方政府在決定項目的時候，可以把這些反對性的文章有意的過濾掉，根本不會影響他們的決策的。」

「而且這些權威性的雜誌除了那些專家們會看之外，一般看的人就不多了，這對社會其實也是沒多少影響力的。」傅華接著說。

鄭堅說：「這麼說，我是做了無用功了？」

傅華笑了笑，他現在沒有心思再去繼續糾纏在這個項目上，一來這個項目基本上已成定局，糾纏也沒什麼用；二來，反對這個項目就是在反對他的上級領導和所在的單位，這對他來說並不是一件很輕鬆的事情。

傅華說：「算了吧，叔叔，我改變不了什麼的，您也不要去管了。」

鄭堅臉沉了下來，說：「小子，你什麼意思啊，你想半途而廢？你想沒想過自己的家園會被污染成什麼樣子啊？你就眼看著別人這麼作踐你的家鄉？」

傅華無奈地說：「我這次實地去看了一下，他們選的地方都是山明水秀的好地方，我也不想看到那裏變成臭氣熏人的污水廢氣排放地，可是我們現在能改變什麼呢？除了看著，我們還能有什麼辦法呢？」

鄭堅教訓說：「你不去想不去做，又怎麼知道沒辦法呢？真沒想到小莉會選了你這麼一個軟弱又容易認輸的人。」

這段時間傅華受到的指責已經夠多了，現在連鄭堅都來指責他軟弱，傅華不由得叫道：「叔叔，你知道為這件事情我承受了多大的壓力嗎？我已經向市裏面的幾個主要領導都陳述了這個項目的危害，可是他們沒有一個願意停下這個項目的，有的甚至明確的批評了我。你讓我怎麼辦，讓我命令他們停下這個項目嗎？那我也要有這種權力才行啊。」

鄭堅說：「那也不能半途而廢！我告訴你，我們鄭家人骨子裏沒有退縮這兩個字，事情只要是對的，就要去堅持。你這樣子，小莉知道了也是不會高興的。」

傅華看了鄭堅一眼，說：「叔叔，有件事情我很奇怪，你為什麼對這件事情這麼熱心呢？」

鄭堅說：「我跟你說過了，我是環保主義者，對這種事情自然很熱心。小子，如果人人都為了自身的利益作壁上觀，我們這個地球就毀了。」

傅華說：「叔叔，你不需要跟我推廣環保知識，這世界上跟環保有關的事情很多，真要去做是做不完的，你也可以投身別的地方的環保事業啊，不一定非要跟海川市較這個勁。」

鄭堅不以為然說：「就是因為太多了，才要一件件的去做啊。小子，我希望你能把腰桿挺起來，我可不喜歡一個遇難而退的人做我鄭堅的女婿。這些文章不行，我們可以再想別的辦法，我就不相信解決不了這件事情。」

傅華嘆了口氣，說：「叔叔，光有信念是解決不了問題的，還需要拿出辦法來才行。」

鄭堅說：「小子，你這麼急幹什麼，辦法我這不是在想嗎。」

兩人沉默著坐在那裏，好長時間都沒說話，一時很難拿出什麼好主意。

傅華剛下飛機不久，身體已經很疲憊了，不由得打了一個哈欠，看看鄭堅還是無計可施，就說：「叔叔，你慢慢想吧，我要回去了。」

鄭堅說：「好吧，我看你也很累了，早點回去休息吧，不過這對二甲苯的事情還不能算完，你不能給我洩氣，要跟我一起想主意對付，知道嗎？」

傅華說：「好，我回去也會認真地想想辦法的。」

兩人就出了書房，小燁已經去睡覺了，周娟和鄭莉正在聊天，看到他們出來，周娟說：「傅先生準備回去了？事情商量完了？」

傅華點點頭，說：「我先回去了，事情我和叔叔再慢慢想辦法。今天阿姨做的晚餐很好吃，謝謝啦。」

周娟高興的說：「傅先生不嫌棄我就很高興了，以後你和小莉有時間就一起過來，我做給你們吃。」

傅華點了點頭，說：「好的。」

上了車，鄭莉開車，傅華靜靜地靠在椅背上，二鍋頭的酒勁有些上來了，讓他越發的提不起勁來。

車行進了一會兒，鄭莉扭頭看了看傅華，說：「是不是很累了？」

傅華點點頭說：「小莉啊，我實在是煩透對二甲苯這件事情了，幸好還有你在我身邊，不然的話，我真是不知道該怎麼辦才好。」

鄭莉笑笑說：「都跟你說了，如果你覺得煩，可以不理我爸爸的。我知道這件事讓你很心煩，你夾在單位領導和我爸中間很難自處。」

傅華笑笑說：「那可不行，你爸爸威脅我了，如果我不幹下去，他就不給我當老丈人了。」

鄭莉說：「他不當就不當嘛，誰稀罕啊。」

傅華笑著說：「我稀罕啊，我希望我們能夠得到所有人的祝福，我不想你在其中為難的。」

鄭莉甜蜜地說：「可是我也不想讓你為了我承受這麼多的壓力啊。」

傅華說：「小莉，你真好，一直都這麼體諒我。找個時間我們一起去見一下鄭老吧。」

鄭莉詫異地道：「你準備好去見我爺爺了？」

傅華點點頭說：「我準備好了，我要告訴他老人家，我喜歡上他最喜愛的孫女了。」

鄭莉高興地立刻說：「明天行嗎？我原本明天準備跟爺爺一起吃午飯的。」

傅華說：「行啊，到時候我來接你。」

第二天，傅華在駐京辦簡單的處理了一些公務，看看時間臨近中午，就去接了鄭莉，兩人一起來到了鄭老家。

在門口，傅華緊張地看了看鄭莉，說：「你看看我沒什麼地方不對吧？」

鄭莉笑了，說：「你怎麼啦，你平常見我爺爺不都是很自在的嗎？」

傅華笑了笑，說：「那是因為那時候我對鄭老無所求，今天不一樣，我向他求的可是他最珍愛的寶貝孫女。」

鄭莉打趣說：「好啦，別緊張，我相信爺爺聽到我們在一起會很高興的。」

傅華略微整理了一下衣物，這才跟著鄭莉進了鄭老的家。

老太太正在院子裏，見了傅華，笑著招呼說：「誒，這誰啊，小傅啊，你最近可是好長時間沒露面了。」

傅華笑笑說：「真不好意思，我最近工作忙，就很少來看望您老。」

「來了就好，我們家老頭子這段時間可是沒少念叨你，」老太太說著，衝著屋內喊道：「老頭子，你看看誰來了？」

鄭老從正屋裏探出頭來，看到了傅華，便笑著說：「是小傅啊，稀客稀客，快請。」

傅華忙說：「您老可別這麼說，稀客兩個字我可擔不起，這段時間我沒來看您，生我氣了是吧？」

鄭老說：「是啊，我是生氣了，我還和老伴說，是不是什麼地方得罪你了，你才不來了。」

傅華笑著說：「您老這麼說我可真要跟您賠罪了，是我最近的雜事太多，沒能騰出時間過來。」

鄭老笑說：「好啦小傅，我跟你開個玩笑罷了。」

四個人就進了正屋坐了下來，老太太說：「小傅啊，你來正趕在飯點上，你是不是就在這一起吃了？」

傅華點點頭說：「我正是想叨擾您二老呢，那我就不客氣了。」

老太太讓保姆把飯擺上來，吃飯時傅華稍微放鬆了些，跟兩位老人談笑了起來。

老太太說：「小傅啊，你跟趙家那丫頭的事情我們都聽說了，這小婷是怎麼回事啊，怎麼會看上了一個洋鬼子了呢？」

傅華苦笑了一下，說：「可能是我疏於照顧她了吧。」

鄭老說：「小婷做這件事情我也不能接受，她什麼時候如果從國外回來，你把她叫來，我要好好說說她。」

鄭莉笑說：「爺爺，你管得也太寬了吧？」

鄭老說：「我是替傅華不值，她怎麼可以這麼做呢？」

傅華笑笑說：「鄭老，你別生小婷的氣，是我做的不好，你不要怪小婷。」

鄭老說：「你看看，還是小傅好，都這樣了，還不肯說小婷一個不字，這就是一個人的品格。小傅啊，接下來你想找一個什麼樣的，跟我家老婆子說說，她跟附近這些鄰居都很熟，說不定有合適你的。」

傅華笑了，他正發愁要如何跟鄭老開口講自己和鄭莉的關係呢，鄭老倒先想給他做起媒來了。

老太太在一旁也說：「是啊，小傅，說說你想要找什麼樣的，讓我幫你看看。」

傅華看了鄭莉一眼，然後說：「不用了，就不麻煩您二老了。」

鄭老勸說：「小傅啊，你這就不對了，小婷傷了你的心不假，可你還是要找個對象啊。」

傅華笑說：「您老別生氣，我已經找了，而且找到一個最好的。」

鄭老詫異地說：「已經找了，還是最好的？什麼樣子的啊？小傅啊，這個女孩可要帶給我看一看吶，是不是最好的，我看了才知道。」

傅華笑著說：「我敢打包票，您看了肯定說是最好的，只是怕您老人家又不捨得了。」

鄭老還沒聯想到鄭莉身上，奇怪地說：「什麼捨不捨得啊，你找對象怎麼還需要我捨得呢？」

老太太卻從鄭莉扭捏的樣子中看出了端倪，指著傅華和鄭莉說：「小傅啊，你說的不會是小莉吧？」

傅華點了點頭，伸手去握住了鄭莉的手，說：「爺爺奶奶，我想向你們懇求把最喜歡的孫女交給我，你們捨得嗎？」

鄭老怔了一下，看了看老太太，說：「老婆子，這是多久的事，你知道嗎？」

老太太也是一臉錯愕地說：「我哪裡知道，我也是剛剛才看出點端倪來。」

鄭老高興地說：「小傅，你這傢伙不夠意思啊，竟然就這麼不聲不響偷走了我最珍愛的寶貝啊？」

傅華說：「爺爺不允許，我哪敢啊？所以我才和小莉過來請求您二老的允許啊。」

老太太笑笑說：「好啦，我們早就知道小莉喜歡你，她喜歡的，我們就沒有理由再去反對。」

傅華立刻說：「這麼說您二老是同意了？」

鄭老嚴肅地說：「同意是同意了，不過有一樣，小傅啊，你可不准欺負小莉，她自小就跟我們，跟我們是最親的，你欺負她，我們第一個就不會放過你的。」

傅華慎重地點了點頭，說：「這您二老放心，我會全心全意對小莉好的。」

鄭老滿意地說：「這還差不多。」

老太太一臉疼愛地拉過鄭莉的手，說：「你這孩子，跟傅華好了也不早點告訴爺爺奶奶，你應該知道爺爺奶奶只會替你高興，不會阻攔你的。」

鄭莉臉紅的說：「奶奶，也不是我不想早點告訴您，是傅華沒做好心理準備，不太敢面對您二老。」

老太太看了看傅華，故意說：「我們老兩口什麼時候變得這麼可怕了？」

傅華忙說：「不是您二老變可怕了，而是我自己太緊張，小莉對我來說是最珍貴的，我生怕我哪個地方做得不好，您二老會嫌棄我，不允許小莉跟我在一起。」

鄭莉笑笑說：「奶奶，您別怪傅華了，您也知道爺爺的威嚴，多少人見了爺爺都會發抖，傅華心裏有些擔心也很正常啊。」

老太太笑說：「你這丫頭，這就開始護著自己的男人了？好啦，我不怪他就是了。誒，這件事情，你告訴你爸爸了嗎？」

鄭莉點點頭：「爸爸見過傅華了，他們還一起嘀咕著要辦一件事情呢。」

鄭老瞪了鄭莉一眼，說：「小莉啊，這件事你怎麼先讓你爸爸知道，而不先讓我知道啊，還說跟我最親呢？」

鄭莉撒嬌說：「爺爺，這個你也生氣啊？爸爸會知道，是因為那天傅華送我回家時正好被他碰到了。」

鄭老問：「那他們在一起要辦什麼事情啊？」

鄭莉說：「是關於海川的事，您讓傅華講給您聽。」

傅華就講了事情的來龍去脈，鄭老聽完，說：「是這樣啊，環保問題是應該加以重視的。小莉啊，你爸爸這一點做得是對的。」

鄭莉高興的說：「這麼說，爺爺您也反對在海川建這個對二甲苯項目了？」

鄭老說：「我可不想自己家鄉山清水秀的好地方變成了化工廠，到處散發著惡臭，所以我是不贊同的。」

鄭莉說：「其實只要爺爺您跟東海省的領導講講這件事，我想海川市的領導是不會再上馬這個項目的，您說是吧？」

鄭老笑了起來，說：「你這丫頭片子，轉了這麼大個圈子，就是想讓我幫傅華處理這件事情啊？你還沒嫁過去就這麼向著他啦？」

鄭莉羞紅了臉，不過還是追問道：「那說到底，爺爺您幫不幫這個忙啊？」

鄭老很堅決的搖了搖頭，看看傅華，說：「小傅啊，你對我的做事風格很清楚，我想你應該知道我是不會幫這個忙的。」

傅華心中稍微有些失望，確實，如果是鄭老發話，這個對二甲苯項目可能馬上就會停下來，不過他也知道鄭老這些年已經很少去干預地方事務了，他不太可能因為自己就插手這件事情，這也是為什麼鄭堅和自己一直沒把主意打到鄭老身上的主要原因。

傅華笑笑說：「我知道爺爺是不會去干預地方政務的，小莉跟您提這個要求，是因為我這段時間壓力太大，她想幫幫我，事先並沒有跟我說她的想法。」

鄭老說：「小傅，你能明白就好，還有一件事情我要叮囑你，小莉跟你在一起，你就是我的孫女婿了，實話說，這對你來說可能更多是意味著壓力。我們這個家族呢，在小莉父親這一輩就開始遠離政治了，也就開始遠離我的影響力了，我認為這是一件好事，我不喜歡後輩藉著我以前的影響力為自己謀取利益。你呢，小莉選擇你的時候你已經是政府官員了，我也不想逼你改變什麼，不過呢，我也不希望你打著我的旗號去為自己做什麼事情，你明白我的意思嗎？」

鄭莉不高興地說：「爺爺，您不幫傅華就算了，犯得上這麼教訓他嗎？要您幫忙是我的主意，不關他的事的。」

傅華趕忙說：「小莉，你別這樣對爺爺說話，他老人家的提醒也是應該的，爺爺你放心，我會記住你今天這番話的，並且時時約束自己，不做出讓您失望的事情來。」

鄭老滿意地說：「小傅，你能這麼想我很高興。其實我如果出面幫你們阻止這個項目，對你來說可能反而不是好事，你想，以後你跟我的關係會越來越被大眾所知，你們市長肯定會把我阻止這個項目的帳記到你頭上去，就算他不能公開對你做什麼，你們之間也會變得很尷尬，怕那時候你工作起來會更困難。」

傅華點點頭，說：「爺爺，您真是政治經驗豐富，確實是這樣的。」

鄭老又說：「不過呢，你也不要對這件事情太灰心，環保是一件好事，一些政府官員為了政績可以不注重，老百姓卻是會注重的，這畢竟與他們的生活息息相關，我想你們海川市要建這個項目之前，也是必須要考慮民意是否支持的。如果民意反對，那市政府要建這個項目一定會慎重考慮，我們的政府是建立在民意的基礎之上，因此是不會逆民意而動的。」

鄭老這番話看似不經意，卻是很有深意的，傅華也是一個很聰明的人，鄭老這麼一點撥，他心中一下子敞亮了很多，鄭老的意思其實就是四個字：尊重民意，民意如果支持海川建這個對二甲苯項目，那你就是反對也是沒用的；反之，民意如果反對，不用你去反對，政府也不能建這個項目的，因為任何人都不能逆民意而動。

現在環保觀念已經深入民眾心中了，如果民眾知道這個對二甲苯項目危害這麼大，他們還會為了追求經濟效益犧牲自己的健康和未來嗎？傅華想，沒有一個人肯這麼做的。他開始對阻止對二甲苯項目落戶海川有信心了。

傅華笑笑說：「爺爺，您的話總是能讓我感悟很多。」

鄭老語重心長地說：「我見過多少風風雨雨啊。」

鄭莉看看兩人似乎有了某種默契，她卻沒看出什麼來，納悶地說：「你們這是打什麼啞謎啊？」

傅華笑說：「爺爺是跟我傳授經驗呢。」

鄭莉詫異的說：「這算什麼經驗啊，這種尊重民意的話不是天天都有人在說嗎？」

傅華笑了，說：「爺爺說的與他們的不同。」

鄭莉一頭霧水地道：「真是被你們搞糊塗了，不都是一樣的話嗎？我沒聽出什麼不同啊？」

傅華說：「回頭我再跟你解釋吧，你別問了，小莉。」

在回去的路上，傅華跟鄭莉解釋了他對鄭老那番尊重民意的說法的理解。鄭莉聽完後說：「原來是這樣啊，可是目前來看，並沒有什麼民意反對這個項目啊？」

傅華說：「那是還沒有人向大眾公開這一切，民眾還不知道政府想要做什麼，因此也就無人反對這個項目了。」

鄭莉笑了，說：「我想海川市還不會笨到主動公開這個項目的危害性，從而讓人們去反對他們吧？」

傅華說：「我知道，可是有人會幫他們公開啊。現在不都是提倡政務公開嗎？肯定會有人幫他們做這件事情的。」

鄭莉看了看傅華，說：「你不是想做這件事情吧？」

傅華笑笑說：「不用我做，不是還有一個很急著要做這件事的叔叔嗎？」

鄭莉也笑了，說：「還是你比較狡猾，想利用我爸爸啊。」

傅華嘆了口氣，說：「唉，我這也是沒辦法啊。」

回到駐京辦，傅華接到丁益的電話，丁益怪傅華沒打聲招呼就離開了海川，不夠意思，接著就又聊到了關蓮的事情。

傅華一聽就有些頭大，他實在不想跟丁益聊這個話題，便說：「丁益啊，這邊催著我開會呢。」

丁益見傅華在忙，便說：「是這樣啊，那改天再聊吧。」

丁益掛電話後，傅華坐在辦公室若有所思，他覺得丁益這樣下去也不是個辦法，雖然他不滿丁益出賣了他，但自己作為他的朋友，也不能就這麼看他越陷越深啊。

現在看起來似乎穆廣還沒有發現關蓮跟丁益往來的事，但是穆廣卻找到自己，跟自己重申他跟關蓮之間是清白的，這種此地無銀三百兩的行徑，越發說明穆廣和關蓮的關係很深，丁益這樣下去，很容易就會暴露出他跟關蓮之間的危險關係，如果讓穆廣察覺到，他會怎麼做呢？他會不會對丁益及其家族進行報復呢？

作為一個市的常務副市長，他對丁益家族的產業是有很大的控制能力的，他如果想對丁益家族不利，肯定會對丁益家族造成很大的困擾。

唉，這個丁益啊，還是太嫩了，竟然被一個女人迷暈了頭腦，不知道丁江知道後，會是怎麼個態度？

傅華有心想要把這個情況告訴丁江，讓這個做父親的管一管丁益，但猶豫了一下還是放棄了，現在這個狀態，丁江也不一定管得住丁益，反而有可能激化矛盾，更加讓丁益和關蓮的關係暴露，那樣子可就事與願違了，也會讓丁益對自己心生怨恨。

正在煩惱時，鄭堅的電話打了來。鄭堅說：「你這小子真是狡猾啊，我家老太太剛才打電話來，說你帶著小莉去見了我家老爺子啦。」

傅華說：「我和小莉去見爺爺也是很正常的事啊，他老人家已經點頭同意我和小莉交往了。」

鄭堅說：「嘿嘿，你是不是覺得老爺子點了頭，你就可以不在乎我的意見了？就可以從對二甲苯項目中脫身不管了？」

傅華故意說：「我如果不管，叔叔你還能拿我怎麼樣嗎？」

鄭堅聽了說：「原來你真的是這樣想的啊，你可太不夠意思了吧？我們總是喝過一頓很愉快的酒，那瓶二鍋頭一般人我還不給喝的。你怎麼好意思撒手不管了呢？」

傅華笑說：「二鍋頭好辦，我看能不能找朋友再去給你弄幾瓶，應該可以抵得上了吧？」

鄭堅笑了，說：「好啦，我怕你了，我知道我本來就威脅不了你的，小莉也不會聽我的意見的。不過，你也想想海川那些鄉親，就算你不為了我，也要為他們想一想啊。」

傅華說：「你知道威脅不了我就好。好啦，我並沒有不管的意思，其實受爺爺啟發，我已經想到辦法了。」

鄭堅愣了一下，隨即笑罵道：「你這小子，竟然敢跟我兜圈子。」

傅華笑笑說：「不行嗎？」

鄭堅苦笑了一下，說：「行，怎麼不行，你這小子越來越難纏了！好吧，你趕緊說，想到了什麼辦法？」

傅華說：「是爺爺提醒了我，他說環保是一件好事，這些政府官員為了政績可以不注重環保，但民眾為了自身利益肯定是會注重的，所以我們需要的是讓民意去關注這件事情，我們只需要順應民意就好了。」

鄭堅納悶說：「我還是不太明白，這樣子就能讓這個項目停下來？」

傅華說：「民意如果反對，政府是不能罔顧民意去一意孤行的；反之，民意如果支持，就憑幾個專家和環保人士也無法阻止這個項目上馬的。」

鄭堅想了想說：「我明白你的意思了，你要發動民意來反對這個項目就是了。可是你要怎麼發動呢？」

傅華說：「具體怎麼去做，我還沒想好。」

鄭堅便說：「明天就是週末了，你帶著小莉，我們一起去郊外走走，順便合計合計這件事情怎麼樣？」

傅華笑笑說：「不用這麼急吧？」

鄭堅說：「這要趁早，現在馮氏集團和海川市政府還沒有最終確定一定要上這個項目，如果及早讓他們知道民意反對，他們可能就會打退堂鼓了。」

傅華說：「那去哪裡？」

鄭堅說：「去海澱玉泉山吧，我們去爬山，玉泉山腳下有一家私家菜飯店還不錯，回頭我們就在那裏吃飯好了。」

玉泉山位於頤和園西，這座六峰連綴、逶迤南北的玉泉山，是西山東麓的支脈，在山之陽，它最突出的地方是土紋隱起，作蒼龍鱗，沙痕石隙，隨地皆泉。因這裏泉水水清而碧，澄潔似玉，故此稱為玉泉，山也因此得名。

鄭堅帶著周娟一起，小燁還小，不太適合爬山，就沒帶來。

鄭堅想去的，是山腳下一家叫做「食居」的私家餐館，食居門前有三棵老槐樹，古意猶存，給人一種歲月的滄桑感。

進入食居，裏面的裝飾更是體現了一種厚重的文化感，堂屋的匾額是一塊寫著進士的杉木，杉木已經有了裂縫，一看就是有些年月的感覺，傅華問鄭堅：「叔叔，你是怎麼找到這裏的啊？」

鄭堅說：「朋友帶我來吃過，感覺不錯，就帶你們來了。」

坐定後，鄭堅點了幾道招牌菜，其中一道蒜煨黃瓜仔，口味清新，鄭莉和周娟都讚不絕口。

略微用了飯菜之後，鄭堅看看傅華，說：「小子，你想出什麼招數來了嗎？」

傅華回說：「也沒什麼招數，如果要把對二甲苯項目公佈給海川市的市民知道，想來想去，沒有比網路這個更方便的媒體了。」

鄭堅笑笑說：「小子，我們想到一起去了，我也覺得網路是最好的一種方式，我考慮把對二甲苯的危害在國內幾家著名的論壇上發一發，讓公眾知道這個項目的危害性。」

傅華說：「看來是英雄所見略同了。不過，光發這些是不夠的，我覺得應該把海川這次跟馮氏集團達成的初步協議也發上網去。」

鄭堅很滿意地對鄭莉說：「小莉啊，到這時候我才覺得你找的這個小子還不錯，有原則有頭腦，算你有眼光。」

鄭莉高興地說：「這還用你說。」

鄭堅笑了，說：「好啦，你別得意了。小子，主意打定，那我們就行動吧。」

傅華說：「先不要急，我們先來分工一下，我負責提供政府方面的消息，到論壇發帖的事情就由叔叔負責。」

鄭堅說：「我知道，你有你的不便之處。」

於是週一，一個針對海川和馮氏集團合作對二甲苯項目的帖子就出現在國內各大著名的網站論壇上，帖子裏公佈了海川市政府和馮氏集團達成的初步合作協議，並對對二甲苯這種化學物質作了詳盡的分析，包括可能對環境造成的危害。

帖子發出後立即引起了很多人的關注，跟帖討論的網友眾多，很多人都在帖子下面發表自己的看法。很快，這個帖子就出現在海川的一些社區網站上，海川市民對此也是議論紛紛，很多人對市政府要上這個項目持強烈反對意見，甚至有人說，他們等於睡在炸彈旁邊卻不知情。

海川市政府很快知道了這些帖子的存在，於是將反對者的留言都一一刪除掉，市民們發現自己的帖文一出來就被刪掉了，甚至有的發言根本就通不過網站的審核，沒發出來，於是市民們的意見更大了。

有人致電市長熱線質問市長：如果這個對二甲苯項目沒什麼問題，為什麼不敢讓民眾的意見發表出來，再是，市政府為什麼不能公開對這個項目的安全性作出解釋？

市政府的封堵行為，引發了更廣泛的質疑，人們對這個項目的疑慮更加深了，反對的聲浪越來越大。

金達和穆廣連夜召開會議，研究如何應對，會議討論到最後，卻沒有放棄對二甲苯這個項目，反而認為這個項目對發展海川經濟至關重要，絕不能放棄，要求相關部門加強對

網路的監管和宣導，不要再出現反對的意見了。

會議結束後，穆廣並沒有馬上離開，而是跟著金達進了辦公室。

金達看了一眼穆廣，問道：「老穆，你還有事嗎？」

穆廣說：「金市長，您覺不覺得這次網路上突然出現許多反對對二甲苯項目的帖子，有些奇怪啊？」

金達笑笑說：「這有什麼奇怪的，不過是一些環保人士搞出來的把戲罷了。好了，老穆，時間不早了，早點回去休息吧，明天還有一大堆事情等著我們呢。」

穆廣語帶玄機地說：「不是的，金市長，事情並不像您想像的那麼簡單，我覺得這個帖子的發起者很有問題，絕非您想的是什麼環保人士。環保人士做這種事情通常都是光明正大的，不會像這次藏頭露尾，不讓我們知道他們是誰。」

金達愣了一下，說：「你這麼說也有道理，那你認為會是誰呢？」

穆廣說：「我認為這個人肯定是我們海川市政府的人，而且級別還不會太低，不然的話，也不會對我們跟馮氏集團達成初步協議的事知道的這麼詳細。」

金達搖搖頭，說：「這點就不一定了，現在外面很多人都知道我們跟馮氏集團達成了初步協議，所以未必就是級別很高的人。」

穆廣說：「雖然很多人都知道我們跟馮氏集團達成了初步協議，可是能像帖子上面那樣把細節描述的那麼清楚的就不多了，我認為發帖人肯定是參與談判的人，這不會錯的。」

確實是，外面的人對市政府跟馮氏集團的初步協議只知道個大概，真正能連細節都知道的這麼清楚的，應該是參與談判的人。這樣範圍就縮小了很多，不過還是無法確定是哪一個人，金達看了看穆廣，說：「老穆，那據你看，這個人會是誰呢？」

穆廣看看金達的臉色，金達已經有慍怒的意思了。這突然出現的帖子搞得海川市政府左右為難，很是難堪，金達對這個發帖人肯定是很憤恨的。

穆廣小心地說：「我有一種直覺，這個發帖人可能就是那個最初反對這個項目的人。」

金達愣了一下，穆廣這是在說傅華啊，最初在他們面前反對這個項目的就是傅華啊。

第四章

心腹大患

傳華破壞的不光是金達的好事，也是穆廣的好事，穆廣自然心中很生氣。加上傳華把他跟關蓮的關係洩露給別人，正好可以借這件事報一箭之仇。最好是讓金達把傳華的駐京辦主任給撤換掉，好去掉自己一個心腹大患。

金達搖搖頭，說：「不會的，別人我不瞭解，傅華我還是瞭解的，他不是背後搞小動作的那種人。」

穆廣笑了，說：「金市長，這人哪，你是很難看透的。」

金達還是搖了搖頭，說：「我相信傅華絕不是這種人。」

穆廣不以為然地說：「我可不相信他，如果想辦法弄清楚最初帖子是從哪裡發出來的，肯定就能證實我的想法。」

聽穆廣這麼說，金達心中也不禁起了一些疑問，他說：「那你認為這些帖子是從哪裡發出來的呢？」

穆廣說：「後面的我不敢說，但是最初的帖子我肯定是從北京發出來的，這只要找到網站的管理者就能弄清楚了。」

金達也很想弄清楚究竟是不是傅華搞的鬼，便說道：「你有辦法弄清楚嗎？」

穆廣說：「這個簡單，我可以通過關係去弄清楚發帖人的ＩＰ位址。」

金達說：「那你就想辦法快去查清楚，如果能順便把帖子刪掉就更好了。」

穆廣答說：「行，這件事情我立刻去辦。」

穆廣就離開了。金達坐在辦公室，很長時間沒動，他望向窗外，心中想到穆廣這麼言之鑿鑿，難不成這個發帖人真的是傅華嗎？

金達對傅華的信任已經開始動搖了，這次出現反對對二甲苯的帖子看似很隨意，可是卻並不是毫無章法的，帖子在很短的時間內就引起了海川市民的主意，說明發帖人是有計劃、有目標、有組織的，其目的就是針對海川想要上的這個項目。

海川市政府上了級別的官員中能有這樣頭腦的人不多，不幸的是，傅華就是這不多的人當中的一個。另外，帖子的內容確實像穆廣所說的那樣，細節詳盡，而且表達得很精準，這種風格也十分符合傅華的做事方式，嚴謹、精確。

這是怎麼了，難道傅華跟自己走上了對立面了嗎？如果真是他，他為什麼要反對自己呢？自己一直是拿他當做朋友的，他怎麼能這麼對自己呢？難道，他跟張琳勾結到一起去了？

金達記起傅華陪同馮氏集團來海川考察的時候，有人跟他彙報了傅華跟張琳見面的事情，他當時找傅華來，想要問清楚他們見面談了什麼。他只是很平常的想瞭解一下而已，傅華卻反應強烈，甚至差一點跟他翻臉。當時他為了維護兩個人的友誼，先緩和了下來，同時基於他對傅華為人的信任，並沒有把這件事情往深處去想，現在再仔細想想這件事情，其中包含的意味就很耐人捉摸了。

這次傅華突然沒來由的在背後捅自己一刀，金達自然而然的就把事情聯想到張琳身上。

認真回想起來，張琳跟傅華的認識比自己還要早，因此張琳跟傅華的交情很早就有了。這一次張琳指使傅華這麼做，是不是不想讓自己把這個投資額龐大的項目搞起來啊？是不是擔心自己搞成了這個項目，就會威脅到他市委書記的地位啊？

一定是的！不然傅華也不會在自己問他跟張琳談了些什麼後變得那麼惱火。肯定是自己的問話讓他不好回答才那個樣子的。

同時，金達也想不出這件事情還有什麼別的解釋，難道傅華僅僅是為了環保就敢反對市政府的決議嗎？這不太可能，要知道這等於是傅華在拿他的職位開玩笑，一旦他的行徑曝光，他將很難向市政府方面交代，任何一個領導也都是無法容忍他這種背叛的行徑的。他的駐京辦主任將會很難保住，除非已經有人事先就幫他擔保，而有這個能力的人除了市委書記之外，不會再有別人啦。

想通了這一切，金達的心情一下子就跌到了谷底。

第二天一早，在例行的書記會上，副書記于捷問金達道：「金市長，我看到網路上有很多不滿我們海川市政府跟馮氏集團合作化工項目的議論，這是怎麼回事啊？」

金達心說果然衝著這個項目來了，這個于捷一來到海川就對自己很看不順眼，幾次都挑自己工作上的毛病，看來是早跟張琳勾結在一起，他今天一來就發難，一定也是跟張琳計畫好了的。

金達已經有了心理準備，便笑了笑說：「其實也沒什麼啦，市民們對我們項目的環保方面有些擔心，發發議論而已，不足以影響項目運作的。」

張琳看了金達一眼，說：「金達同志，這個項目的環保方面真的沒什麼問題嗎？」

金達笑笑說：「當然是沒什麼問題了，這是國家鼓勵外商投資的項目之一，如果環保上面會出現問題，國家又怎麼會鼓勵呢？」

張琳質疑說：「不過我聽傅華講過，這個項目會對我們海川的生態環境造成很大的危害，他說也跟你彙報過，市政府方面是不是要再慎重考慮一下是否要上這個項目啊？」

金達心裏暗自好笑，這張琳跟傅華果然是相互呼應，勾結到了一起，張琳竟然還拿傅華來跟自己說事，真是好笑，好像我是笨蛋，看不出你們在玩什麼把戲似的。

金達說：「傅華是跟我彙報過，不過，我安排人找了一些環保專家諮詢了一下，他們講，傅華的那些觀點不過是某些學者的誇大之詞，沒有什麼科學依據的，無需重視。」

于捷看了看金達，說：「金市長，我覺得對這個項目還是慎重一些好，不久前你才提出海川的海洋經濟發展戰略，說要大力發展海洋經濟，可是你在這時候引進了一個這麼大的化工項目，就算環保做得再好，也必然會對海洋生態造成一定程度的破壞，你不覺得這兩者之間是衝突的嗎？」

金達笑說：「于捷同志，我覺得你的擔心是多餘的，我們現在的環保措施已經很先進啦，不會再有破壞生態的狀況發生了。」

于捷不認同地說：「您不覺得有點太過樂觀了嗎？」

金達說：「我並不覺得我太過樂觀，反而覺得于捷同志你有些過於擔心了，執行這個項目之前，必然要通過環評才行，如果通不過環評，項目也是不能上馬的；如果能通過環評檢驗，說明這個項目本身是沒問題的，所以我覺得我們在這裏爭論沒有任何意義。」

張琳聽了，說：「金達同志說的也有道理，不過，網路上既然有這麼多議論，市政府方面是不是做一下宣導工作，就市民們擔心的環境問題做一些公開的解釋，這樣就可以消除市民對這個項目的疑慮不是？」

金達看了張書記一眼，心想：還要解釋什麼，這一切不都是你在幕後操弄出來的嗎？我現在再跟你解釋，你就會相信了是嗎？你能就此偃旗息鼓嗎？顯然不能吧！

金達表面上仍笑了笑說：「張書記，我認為完全沒有這個必要，網路上出現的這些帖子根本就是一些別有用心的人搞出來的，完全是針對我金達和這個項目來的，我們就算解釋的再多，也無法讓那些人相信的。幸好這些居心不良的人只是少數，並不能代表廣大的海川市民。再說，我們市政府也對這個項目進行了充分的論證，市政府的同志們都認為不存在網路上渲染的那些危險，我們這個項目是經得起檢驗的，我們問心無愧，根本就不需要向那一小撮人去解釋。」

金達的言辭強硬了起來，于捷和張琳互看了一眼，他們都感覺無法勸服金達，這件事本身又屬於市政府的權力範圍，兩人不好干預太多，也就不再跟金達爭執下去，會議轉向了其他的議題。

會議結束後，金達回到自己的辦公室，抓起電話打給了穆廣，說：「老穆啊，你查到發帖人的ＩＰ位址了嗎？」

這一次會議下來，金達越發確信帖子就是傅華發出來的，心裏就急於拿到證據，一來可以去質問傅華，二來也可以就此對于捷展開反攻，說明這些帖子根本就是內部人搞的鬼，而不是什麼市民們的意見。

穆廣說：「發生什麼事了，金市長？」

金達也覺得自己有些毛躁了，笑了笑說：「我早上又被張書記和于副書記質問了一番，就好像我上了對二甲苯這個項目後就會變成海川的千古罪人似的。哎，他們也不想想這個項目會給海川帶來多少好處？老穆啊，現在要幹點事情真難啊。」

穆廣附和說：「是啊，金市長，我們這些不想碌碌無為的幹部早都準備要承受一些有的沒的責難的，我早就習慣這一點了。您也不要太過於跟他們認真了。網址的事我已經託朋友去調查了，不過也需要一點時間，您再耐心等一下。」

金達催促說：「最好是快點，花點錢也可以，我真的很急於想知道究竟是誰在背後搞鬼的，查出來我絕饒不了他。」

金達這麼說，讓穆廣心中暗自竊喜，看來他已經成功勾起金達對傅華的怒火了，下一步就等拿到發帖的網址，只要這個網址來自北京，就肯定傅華是這個發帖子的人啦，那時候金達還不知道要怎麼處理他呢。

其實帖子一在那家著名的論壇上發出來，穆廣就猜到這個帖子與傅華有關，因為他在心中盤點了一下海川市政府的人，能有這種責任感和頭腦的，除了傅華，不作第二人想。

穆廣是真心希望這個項目能落戶在海川，這不光對金達來說是一個很大的政績，對他也是一個很大的政績，他現在是金達的主要協助者，能夠跟著沾光不少；再說，金達如果因為這個項目獲得升遷，自己也會跟著水漲船高的。

因此傅華破壞的不光是金達的好事，也是穆廣的好事，穆廣自然心中很生氣。加上傅華前段時間還把他跟關蓮的曖昧關係洩露給別人，正好可以借這件事報一箭之仇。最好是讓金達把傅華的駐京辦主任給撤換掉，把傅華趕出海川政界，好去掉自己一個心腹大患。

人在北京的傅華也時刻在關注著網路上這些關於對二甲苯的帖子，雖然最初的帖子是

由鄭堅發出的，可是後續的跟帖人都是自發性的，他和鄭堅只是旁觀者。

原本他和鄭堅很擔心他們向湖裏投下第一塊石子之後，湖裏一點漣漪都不起，那樣他們就是想繼續抗爭這個項目，也沒有任何民意基礎，便也只能選擇放棄了。

令傅華欣慰的是，社會上關心環保的公民還是很多的，看來社會在不斷的進步當中，人們已經意識到單純為了發展經濟而放棄環境維護是一件愚蠢的事情。

同時，傅華也密切關注著海川市政府的動態，他知道要讓金達和穆廣這些急於做出政績的領導們放棄這樣大的一個誘惑，幾乎是不可能的。不過，傅華還是有些失望，他覺得以金達的政治智慧應該可以把這件事處理得更好，就算他堅持要執行這個項目，他也可以多跟市民們宣導解釋一下這個項目的安全性，讓市民們放心接受；但他卻選擇了一味封堵這個適得其反的方式。

這一場市民和政府之間的博弈剛剛開始，傅華無法判斷最終會是哪一方獲得勝利。他很清楚最後政府贏面是很大的，畢竟決定權掌控在政府手裏，金達和穆廣如果一意孤行，堅持要建這個項目，市民們也無可奈何。這很可能是一場注定要失敗的抗爭。

但是很快傅華就發現自己的判斷是錯的，他過於輕視民意的力量了。

傅華接到海川日報社副社長姬川的電話，姬川是記者出身，已經臨近退休的年紀，不過很熱心公益，是海川有名的環保主義者，先後也在不少媒體上發表過有關環保議題的文章。傅華跟他熟悉，是在市長曲煒秘書的任上，因為工作關係，兩人有不少接觸，因而建立起了深厚的友誼。

傅華接到姬川電話很高興，問候說：「姬社長，最近身體還好嗎？」

姬川笑笑說：「還不錯，小傅啊，謝謝你還記掛著我的身體。」

傅華說：「您客氣了，找我有事嗎？」

姬川說：「是有點事情想問一下，關於那個對二甲苯項目的。原本這是你帶回來的項目，我相信你不會帶什麼不好的項目回海川，可是最近網路上鬧得沸沸揚揚，全都是關於這個項目可能給海川帶來的危害，甚至有不少國內著名的專家也發表了反對的觀點，我就有些不明白了，這個項目究竟是好還是壞啊？小傅，你能不能告訴我啊？」

傅華有些尷尬的說：「姬社長，我是海川市的幹部，這個項目又是我帶回海川的，我就不方便發表什麼看法了吧？」

姬川不高興地說：「小傅啊，你什麼時候變得這麼虛偽了？你在我面前就不敢說句真話嗎？」

傅華苦笑了一下，說：「姬社長，你讓我說什麼啊？我在這件事情上是跟市裏面一個立場的，你要問我的意見，我的意見就是：這個項目的風險是在可控制的範圍之內，應該沒什麼問題。」

姬川笑了，說：「小傅啊，我還不知道你是一個這麼會偽裝的人，現在外面對你議論紛紛，說這個項目是你帶回來不假，可是你最初是反對這個項目的，現在網路上這些反對的帖子很可能就是你發的，因為很多觀點都是你當初提出來的反對意見。」

傅華後背冒汗了，他雖然反對這個項目，卻不想挺身到第一線上去跟金達、穆廣抗爭，這些議論明顯對他很不利，畢竟他還有一層身分是海川駐京辦主任，他做這種事情明顯是不合適的。

傅華趕忙否認道：「姬社長，我想他們都誤會我了，在這件事情上，我是堅決支持市政府的。」

姬川說：「小傅啊，你是信不過我了？你放心，我不是來試探你的立場的，我也不想管你的立場是什麼，我只想問一下，這個項目究竟是不是會危害我們海川市的環境？」

姬川表明了態度，讓傅華鬆了口氣。

「姬社長，你問這個幹什麼？」傅華不禁問道。

姬川說：「現在網路上各種說法都有，支持者和反對者都有一大套理論，我弄不清楚究竟是有害呢還是無害呢？因此就想問一下你這個始作俑者。」

傅華笑了笑說：「你應該清楚我在這件事情上是不方便表什麼態的。」

姬川埋怨說：「小傅啊，我覺得你這個態度就不對了，什麼叫不方便表什麼態？市政府的決策就不能出現錯誤了嗎？出了錯誤，我們就應該敢於指正。我跟你說，如果這個項目對海川市環境有害的話，我姬川會第一個站出來反對的。」

傅華雖然為姬川的熱心感動，可是他不想讓姬川捲進這件事當中，便勸說：「姬社長，我勸你還是算了吧，你這個年紀，再過些日子就可以退休，頤養天年了，沒必要去招惹政府方面，對吧？」

姬川笑了，說：「小傅，我知道你是為我擔心，可是如果每個人都不挺身而出，那市政府就算犯了錯誤也沒有人阻止，最終受害的可是海川的市民。政府的決策是要以民意為基礎的，我們這些幹部不去為民眾爭取，就會讓政府犯下更大的錯誤。再說，正因為我很快就要退休了，我更沒有什麼後顧之憂了，更可以仗義執言了。」

傅華聽了不免有慚愧的感覺，他也是反對項目的人，可是他卻無法站到第一線上去表態，他苦笑了一聲說：

「姬社長，跟你一比，我都有些無地自容的感覺。其實這件事應該怪我，我起初並不想把這個項目帶回海川的，我在接觸這個項目不久後，就知道這個項目可能會對環境有很大的破壞，就想要放棄，可是有人把這個項目先知會給市政府了。市政府只注重項目可能帶來的效益，根本就對項目造成的危害忽略不計，我也沒辦法啊。」

姬川聽了說：「這麼說，這個項目確實對環境會造成一定的危害了？」

傅華說：「化學物質哪有對環境沒有危害的。姬社長，這個情況你了解就行了，不要再有什麼動作了。」

傅華實在很擔心姬川會因此做什麼，從而遭致報復。

姬川笑笑說：「小傅啊，我已經是這麼大歲數的人啦，知道自己在做什麼，放心吧，我不會把你牽連進來的。」

傅華忙說：「我不是這個意思，我是擔心你會遭到報復。」

姬川笑笑說：「我沒什麼好擔心的，謝謝你給我提供的這些情況。」

姬川掛了電話，傅華心裏忐忑不安起來，他知道姬川絕不會只是問問而已，一定會有所行動的，可是傅華又沒辦法去阻止，只能在內心中希望姬川的行動不要太過激烈。

傅華很快就知道姬川做了什麼，在海川一個有名的社區論壇上，姬川發了一個「致市領導的公開信」的帖子，這個帖子談到了市民們對對二甲苯項目的一些質疑，要求市領導能尊重民意，暫停和馮氏集團合作，對項目展開全面的論證，並且最好是能公開對市民普遍質疑的問題作出必要的解釋，以消除民眾對這個項目的疑慮。

帖子的下面，姬川具上了自己的大名，稱自己僅是一個海川的普通市民，這倒是符合姬川光明磊落的個性。

帖子出現不久就被刪掉了，傅華是透過在海川的朋友發過來的郵件才看到的。

傅華再次對金達處理此事的方式感到不以為然，他覺得姬川只是希望市政府作出必要的說明，金達滿可以借此機會向民眾公開解釋以消除疑慮，但金達再次錯過了這個機會。

姬川的帖子被刪除，激起了民眾更多的疑慮，網上掀起了新一輪對這個項目的質疑浪潮，帖子不斷地從各個網站冒出來，又不斷地被移除掉。

金達讓這波更猛的質疑聲浪搞得更加煩躁，他一再的催促穆廣，讓穆廣儘快找到最初掀起這個反對浪潮的傢伙，但是穆廣得到的消息卻是令人失望的，最初的發帖人網址確實是在北京，不過經過查證，這個網址是屬於一家名叫綠鴿子的民間環保組織，看不出來跟傅華有什麼關係。

金達既失望，也鬆了一口氣，看來應該單純是那些環保組織發起的。

金達此時心中也沒有了主意，便問來作彙報的穆廣說：「老穆啊，現在我們怎麼辦呢？」

穆廣說：「金市長，我們不能就這樣認輸，我們推動這個項目沒有錯，反對項目的這些人都是別有居心的，尤其是報社的姬川，他在這時候跳出來是什麼意思啊，要跟我們政府對著幹嗎？他忘了自己也是政府幹部了嗎？」

金達嘆說：「姬川這個人就是這個性，我想他這封信並沒有什麼惡意的。」

穆廣說：「可是他在這時候跳出來，就有些不合時宜了，這時他更應該跟政府站到同

一立場上，卻跳出來興風作浪，用心很是險惡。我們如果不處理他，別人跟著有樣學樣，事情就會更難壓下去了。」

穆廣這麼一說，金達也有些覺得姬川在這種狀況下公開向市領導發這樣一封信，雖然措辭溫和，可確實有煽風點火的嫌疑，便不滿地說：「這個姬川也確實是的，這個時候湊什麼熱鬧啊。」

穆廣說：「我看他不是湊什麼熱鬧，根本就是別有用心，原本網路上的議論已經有平息下來的趨勢，可他這麼一鬧，輿論又起來了。這種人就是唯恐天下不亂的。」

金達一想也是，他本來已經夠煩了，火就越發被拱了起來，心中也就贊同穆廣所說的，否則大家都跟著姬川學，他這個市長在海川就無毫權威可言了。

隔幾天，在海川市的常委會上，金達點名嚴厲批評了姬川，不過他沒有說是因為姬川發表給市領導們的那封信，而是批評了海川日報社的工作。金達批評姬川沒有管好自己分內的工作，反而去瞎湊熱鬧，應該認真的反省一下自己。

姬川被金達點名批評的事情很快就在海川不脛而走，很多人都感覺金達這麼做實在是太過分了，大家都覺得姬川公開信上的內容很溫和，不過是說出了海川市民的心聲而已，金達對這樣的行為都不能容忍，簡直是太霸道了。

網上抗議的帖子更多了，更有一些小道消息在私下裏流傳，什麼姬川即將被撤職啊、什麼政府正在私下調查在網上發帖人的身分啊……等等諸如此類，海川政壇上的氣氛空前緊張了起來，空氣中瀰漫著一股詭異的味道。

遠在北京的傅華也聽到了這些消息，他沒想到金達會在常委會上公開批評姬川，傅華相信金達這種做法會激起民眾更大的反彈。

傅華趕忙打電話給姬川，姬川接通後說：「小傅啊，這時候你還敢給我打電話啊？」

傅華笑說：「怎麼，不會是你的電話被監聽了吧？」

姬川說：「監聽倒是不太可能，我又沒做什麼違法的事情，只是最近幾天我的電話像是死了一樣，好幾天都沒人打來了。現在我就像是瘟疫，人們生怕沾上我就會倒楣，避之唯恐不及啊。」

傅華說：「我知道金市長批評你的事情了，我怎麼聽說你將要被撤職，你沒事吧？」

姬川笑笑說：「沒事，我還在繼續工作，沒人跟我提過什麼撤職的事，看來他對民眾的意見還是心存敬畏的。」

傅華勸說：「你還是小心些吧，現在流言說什麼的都有，我很擔心你啊。」

姬川平靜地說：「不用擔心，我已經表達了我的意見，不會再做什麼動作了。我聽說金市長在市政府的常務會議上說要督促馮氏集團儘快簽訂正式協議，看來市政府是鐵了心要上這個項目了，我再做什麼都是徒勞的。」

傅華嘆了口氣，說：「你也抗爭過了，問心無愧就好了。」

姬川苦笑了一下，說：「小傅啊，一想到以後在海川可能看不到藍天碧水了，我心裏還是很悶，本末倒置啊。哎，不說了，再傳到領導們的耳朵裏，又要說我不合時宜了。」

傅華也想不出什麼可以勸慰姬川的話，就默默的掛了電話。

姬川聽到的消息是正確的，金達確實召開了市政府常務會議，全面動員起來，督促馮氏集團在海川落戶的工作。穆廣在會議上表示，一定會馬上跟馮氏集團聯繫，督促他們儘早跟海川確定合作的細節，簽訂最終協議。

會議剛結束，金達就接到郭奎的秘書打來的電話，說郭奎讓他去省裏一趟，要聽他彙報對二甲苯項目的情形。

金達心裏咯登了一下，心中就有些不好的感覺，郭奎也知道了對二甲苯項目的事情了，他會持一種什麼態度呢？金達拿不準郭奎的態度，不敢怠慢，準備好資料，跟穆廣打了聲招呼，就趕往省城。

見到郭奎，金達把對二甲苯項目作了彙報，他談到項目的規劃、海川市跟馮氏集團達成的初步協議，最後也講了這個項目存在的環保問題。

他知道郭奎找他來，肯定是與海川市民對這個項目的環保疑慮有關，因此他不敢回避這個問題，但是他講的很技巧，著重在項目能帶來的收益，對民眾的質疑則輕輕帶過。

金達講述時，郭奎一直認真地聽著，沒做任何表態，金達不時偷眼去瞄郭奎的表情，想從郭奎的表情中看出他的態度，可是郭奎的表情一直很平靜，看不出有什麼喜怒，讓金達始終懸著一顆心。

等金達講完，郭奎看了看金達，說：「秀才，你自己覺得這個項目環保方面有沒有什麼問題啊？」

金達回說：「郭書記，我們對這個項目做過充分的論證，環保方面應該是沒有問題的。」

郭奎又說：「哦，那為什麼網路上有那麼多的反對意見啊？」

金達說：「這可能是民眾受一些別有居心的人的挑唆，對這個項目產生了恐懼心理，網路上流傳的那些關於這個項目的危害性，據專家論證都是誇大其詞的。」

郭奎笑說：「秀才啊，既然是誇大其詞，不是真的，那為什麼反對質疑的帖子一放上去就會被刪掉，這是怎麼回事？」

金達趕緊說：「現在民眾對政府普遍有一種懷疑的情緒，我們怕民眾被這些帖子挑唆，讓更多不明真相的人跟著對這個項目有恐懼感。」

郭奎看看金達，說：「秀才啊，那照你這麼不斷的刪除下去，就會讓民眾對你們海川市政府產生信任感了？」

金達不說話了，網路上的帖子已經被封鎖好一段時間了，可是質疑聲還是不斷，封鎖是沒有什麼效果的。

郭奎看金達不說話，便說道：「什麼時候一個政府不讓反對者說話，就可以讓民眾產生信任了？秀才，你講一下大禹治水的故事給我聽好不好？」

金達低下了頭，說：「我知道錯了，郭書記。」

郭奎教訓金達說：「對民意，你應該效仿大禹治水，只有疏導，民心才會對政府信服；如果學大禹的父親鯀只會封堵，怕是你堵了這一頭，那一頭又會冒出來。你要知道，順應民意才能得到老百姓的擁護。」

金達頭越發低了，說：「是，我們海川市政府這件事情做錯了。」

郭奎搖了搖頭，說：「秀才啊，這件事你處置得確實很不恰當。我不是說你這個項目引進錯了，你錯在民眾對這個項目產生質疑後，不去讓他們消除疑慮，而是一味防堵。這個項目的環保方面究竟有沒有危害，我先不去評價，但我認為你應該跟民眾解釋清楚，如果你確信環保沒什麼問題，更該勇於面對民眾。這種化工項目，民眾會產生疑慮也是很正常的，你可以開聽證會，把相關問題跟民眾講清楚，真理只會越辯越明，民眾不就會相信你了嗎？」

金達低聲說：「我明白了，郭書記。」

郭奎說：「你明白就好，回去跟民眾多做些溝通工作，不要再做一些激化矛盾的事情了。」

金達灰溜溜的從郭奎的辦公室離開，趕回海川後，穆廣就匆忙找了過來。

金達看穆廣神色也是灰沉沉，不太高興的樣子，便問道：「老穆，怎麼了？」

穆廣說：「我跟馮氏集團聯繫過了，馮董說他們決定放棄在海川設廠了。」

金達叫了起來：「什麼，他們放棄在海川設廠了？我們這些天那麼辛苦的爭取讓這個項目落戶，他們怎麼能就這樣放棄了呢？」

穆廣說：「馮董說他們沒預料到海川民眾對這個項目反彈意見這麼大，他們選址建廠是要考慮天時地利人和的，現在海川市民對他們這麼排斥，人和是做不到了，得罪了海川市民，他們很難預料以後建廠還會有什麼麻煩，不如趁還沒開始就趕緊放棄。」

原來海川這邊的網路上鬧得沸沸揚揚，馮氏集團那邊也沒能清靜，很多海川民眾無法在海川表達自己的意見，就把憤怒全部傾洩到馮氏集團身上，馮氏集團的官網上出現了大量叫罵的帖子，很多人抗議，讓馮氏集團滾出海川，不要來海川，破壞海川優美的環境，讓馮氏集團的官網陷入了癱瘓狀態。

馮氏集團的董事會被這種反對的態勢嚇壞了，自然不想到一個對他們充滿敵意的地方去建廠，加上馮氏集團要上對二甲苯項目的消息已經在媒體上傳開了，便有不少地方的政府主動跟馮氏集團聯繫，想拉攏馮氏集團去他們那裏落戶，更開出比海川優渥很多的條件。

在這種狀態下，再選擇堅持去海川就是不明智的了，反正跟海川市政府僅僅是一個初步協議，也沒做最終確定，於是馮董就跟穆廣說，他們已經不準備跟海川正式簽約了。

穆廣自然不肯讓馮董這麼做，極力勸說馮董改變主意，甚至許諾可以給馮氏集團更好的優惠條件，可是馮董心意已決，堅決地拒絕啦。

聽完穆廣的話，金達忽然覺得渾身都沒了力氣，癱坐在椅子上。自己費了這麼大工夫，到頭來原來是一場空，心中不由沮喪到了極點。

穆廣也感到十分沮喪，這個項目他原本抱著很大的期望，現在這一切都變成了美好的肥皂泡破裂了，那滋味別提多難受了。

屋內的氣氛沉悶到了一個極致，兩人在心中都恨起在網上首先發起反對這個項目的那個人。

過了一會兒，兩人情緒恢復了一些，穆廣先開口問道：「金市長，你還沒說郭書記找你去省裏說什麼呢？」

金達苦笑說：「郭書記的意思是我們要多做一些民意的疏導工作，不要只是一味防堵。我原本還想跟你商量一下，召開聽證會什麼的，現在看來是沒必要了。」

穆廣也苦笑說：「馮氏集團都不來了，我們還解釋個屁啊。郭書記也是的，不知道我們這些在基層做事幹部的難處嗎，他們既想要成績，又要我們什麼都按部就班的，哪裡來這麼多好事啊？」

金達制止穆廣說：「別這麼說郭書記，他也是不想看我們犯什麼錯誤。」

穆廣嘆了口氣，說：「現在好了，我們就是想犯錯誤也沒機會了。唉，也不知道我們海川市政府怎麼得罪了那家叫什麼綠鴿子的環保組織，如果不是他們，我們現在可能就跟馮氏集團簽約了。」

金達也納悶說：「我也感覺奇怪，印象中，我們跟這個什麼『綠鴿子』並沒有什麼衝突啊，他們怎麼會找我們的麻煩呢？」

穆廣說：「這裏面肯定有什麼我們不知道的關聯，只是我們現在還不知道而已。」

金達心中這口怨氣很難平復，便說：「老穆啊，能不能想辦法查一下這個綠鴿子的底？」

穆廣也正有此意，便說：「好的，我會找人調查的。」

馮氏集團放棄在海川建設對二甲苯項目的消息迅速在海川傳開，雖然是馮氏集團主動放棄，可是市民們大都認為這是他們保衛家園的勝利，網上出現一篇帖子，把這稱之為庶民的勝利，姬川更是被捧為了市民英雄。

鄭堅一直在關注這件事情，看到成功擊退了馮氏集團，他高興地打電話給傅華，說：「小子，看到沒有，只要我們堅持，就一定能取得勝利的。」

傅華說：「叔叔，也不能算是我們的勝利啦，我聽說是馮氏集團主動放棄的。」

鄭堅說：「沒有我們的抗爭，他們怎麼會放棄啊？好啦，這場勝利讓我心情很舒暢，週末帶小莉出來玩吧，我們一起慶祝一下。」

傅華不太想老是跟鄭堅、周娟一起出去玩，一來他和鄭莉剛進入熱戀期，很希望能夠多一些兩人獨處的時間；二來周娟的年紀總是讓傅華感到很尷尬。

傅華笑笑說：「還是不要了吧，叔叔可以自己慶祝嘛。」

鄭堅說：「喂，小子，這場戰役是我們一起打的，慶祝自然也要一起慶祝。怎麼了，我讓你這麼討厭嗎？」

傅華說：「那倒不是啦。」

鄭堅說：「不是就行，週末我帶你們去騎馬。」

鄭堅的口氣不容拒絕，傅華無奈的說：「好吧，我會跟小莉說的。」

鄭堅說：「小子，我帶你們出去玩，不至於這麼不情願吧？你跟小莉相處的時間多得是，就不能多陪陪我？」

傅華忽然有點明白鄭堅為什麼這麼熱心反對對二甲苯項目的事了，他笑了笑說：「叔叔，我想我明白你的心思了，你是想找機會多跟小莉相處一下，是不是啊？」

鄭堅露出笑容，說：「小子，你還不算笨，被你看透我的心思了。是啊，我之所以這麼熱心參與這件事，環保是一方面，另外就是可以借機多跟小莉相處一下。你知道，小莉小的時候，我正在全力拼事業，沒能陪在她身邊，現在我錢賺夠了，想要回過頭來多陪陪家人，可是小莉已經習慣沒有我的生活，不太願意跟我相處了。這件事正好給我一個好機會，我可以借此參與到小莉的生活當中去。我這種心情你應該能夠體諒吧？」

傅華自己也做了爸爸，更因離婚不能常常見到兒子，更能體會到鄭堅的這種心情，便笑笑說：「好啦叔叔，週末我帶小莉跟你一起去就是了。」

幕後主導

金達之所以會這麼問，是因為穆廣的確查到了一些傅華跟綠鴿子組織的關聯，
一切謎團到此迎刃而解，穆廣終於證實這件事根本上就是與傅華有關，
甚至很可能傅華才是幕後的主導者，
而那個什麼鄭堅，也許只是傀儡而已。

週末，傅華便和鄭莉跟鄭堅夫婦來到順義一家國際馬術俱樂部騎馬。

鄭堅從車上下來後，一位漂亮颯爽的女人就迎了過來，招呼說：「老鄭啊，你可是有些日子沒過來騎馬了。」

鄭堅笑笑說：「我這不是來了嗎？還帶了幾位朋友來。」

鄭堅給傅華、鄭莉作了介紹，傅華這才知道這女子竟然是馬場的老闆娘，姓張。介紹完之後，鄭堅說：「張總，他們都是新手，你給他們安排溫馴一點的馬。」

張總點點頭，就去做安排去了。

鄭堅說：「我是這家俱樂部的A級會員，這家俱樂部在北京算是頂級俱樂部之一，服務很好的。」

騎師為四人備好了馬匹，鄭堅和周娟是這裏的常客，上過不少的馬術課，帥氣的上了馬。鄭莉和傅華則在騎師的幫助下上了馬。鄭堅讓騎師先帶著傅華、鄭莉在場上溜幾圈。

鄭莉看鄭堅、周娟不在身邊了，便瞅了傅華一眼，說：「你就愛跟我爸爸湊這個熱鬧。」

傅華笑了笑說：「不是我愛湊這個熱鬧，其實是他拜託我帶你來的，我現在才明白他那麼熱心參與反對對二甲苯項目，其實很大一部分的想法是想跟你多相處。小莉，你也該多體諒你爸爸的心情，找時間跟他多相處相處。」

鄭莉說：「他有周娟陪他，不需要我的。」

傅華勸說：「那不同，你是他的女兒，他很想盡一個父親的責任。」

鄭莉看了傅華一眼，笑了笑說：「你就會做好人。」

鄭堅、周娟這時在場上已經跑了幾圈，過來找鄭莉和傅華。

鄭堅問：「怎麼樣，還習慣嗎？」

鄭莉笑笑說：「挺好的。」

鄭堅又問傅華：「你怎麼樣，掌握了騎馬的要領了嗎？」

傅華點點頭說：「騎師跟我講的幾個要點我都掌握了。」

鄭堅說：「小子，敢不敢跟我比賽一下？」

傅華笑說：「這有什麼不敢的？」

鄭莉在一旁不幹了，抱怨說：「爸爸，傅華今天才第一次騎馬，你跟他較什麼勁啊，要是出了什麼事情怎麼辦？」

鄭堅笑了笑說：「沒什麼的，這不還有騎士跟著嗎？小子，敢比嗎？」

傅華說：「比就比。」

兩人就到了賽道的起點，騎師怕傅華是新手還不熟悉馬性，也跟了過來，一聲令下，三人就策馬奔跑了起來。

傅華雖然是新手，不過騎起來還有模有樣的，不時還拍拍馬脖子，在馬耳邊說幾句鼓勵的話，沒想到效果竟然不錯，他的馬在他鼓勵之下，竟然奔跑得十分迅速，堪堪超過了鄭堅的馬。

鄭堅騎的馬性子比較暴躁些，看到傅華的馬竟然超過了牠，有些急了，探頭過來就要咬傅華的馬，傅華被嚇了一跳，幸好騎師一直跟在旁邊，斥責了一聲，鄭堅的馬就把頭縮了回去，而傅華也不敢再去鼓勵自己的馬往前衝了，就勒緊了韁繩，讓馬放慢了速度。

比賽終止，鄭堅先衝過終點，他讓馬放慢了速度，回頭看看傅華，說：「沒嚇到吧？」

傅華搖搖頭，說：「沒事的。」

這時鄭莉和周娟也騎了過來，鄭莉看到剛才的一幕，關切的問傅華道：「你沒事吧？」

傅華忙說：「沒事，被驚嚇了一下而已。」

鄭莉瞪了一眼鄭堅，說：「叫你們不要比嘛，剛才嚇死我了。」

鄭堅笑著說：「沒事的，這小子悟性挺高的，第一天騎馬竟然差點就超過我了。」

有了這個小插曲，四人慢慢的騎了幾圈之後，鄭莉說累了，就進會所休息。

鄭堅點了咖啡和點心，坐下來喝著咖啡閒談。

鄭堅說：「小子，今天是個意外，我這匹馬騎了很長一段時間了，從來沒出現這種情形，當時我也嚇了一跳，你可不要以為是我要故意整你。」

傅華笑笑說：「我還沒那麼小心眼。」

鄭堅說：「今天的事真是有點邪門，對了，小子，有件事本來不想跟你說的，既然今天遇到了這麼邪門的事情，我覺得還是跟你說一下比較好。」

傅華奇道：「不會又是什麼壞事吧？」

鄭堅說：「是這樣，前幾天有一個在警界的朋友跟我說，有人通過他們的網監部門查了綠鴿子的ＩＰ位址，也不知道他們查這個要幹什麼。」

傅華心裏咯登一下，有些不祥的預兆，這該不會跟網路上發那些反對對二甲苯項目的帖子有關吧？傅華看了一眼鄭堅，說：「知道是什麼人查的嗎？」

鄭堅搖搖頭，說：「我那個朋友說是有人透過關係找到了網監部門，具體並不清楚是什麼人在查。」

「那叔叔你當初在網上發表反對對二甲苯項目的帖子，是在這個ＩＰ位址上發的嗎？」傅華問。

鄭堅說：「是啊，我想『綠鴿子』是環保組織，發這種帖子很正常啊，就用了。」

傅華說：「那就對了，看來是海川那邊來查了，他們肯定是想知道是誰在背後搞鬼的。」

鄭莉擔心地說：「你不會有什麼麻煩吧？」

傅華說：「無所謂了，就算金達他們知道是我在背後操作這件事情的，他也無法拿我怎麼辦。」

鄭堅看看傅華，說：「不過，如果他真的想為難你，你今後的日子也不會好過。小子，以我看你的水準，應該不止在駐京辦這個地方窩著，我說你也別再待在那兒受窩囊氣了，你看看想做點什麼，搞一份計畫書給我，資金方面我來給你解決。」

傅華看了一眼鄭莉，見鄭莉輕輕地搖了搖頭，便知道她不想讓自己接受鄭堅的幫助，便笑了笑說：「我現在還不想離開駐京辦呢，如果駐京辦實在沒我的容身之地了，我就去給小莉當跟班好了，我對時尚多少也有點了解的。」

鄭莉聽了，高興地說：「好哇，到時候我讓你做我的總經理。」

鄭堅卻不高興了，說：「你一個男子漢，混到女人堆裏算什麼？就算你不願意接受我的幫助，你也可以認真地為自己考慮一份事業啊，我們公司對投資的掌控是很嚴格的，如果你的企畫案不行，我也不會徇私幫你的。」

傅華不想跟鄭堅爭執，便笑笑說：「好啦，叔叔，如果真到需要的那一天，我會主動去找你的。」

鄭堅看傅華確實無意接受自己的幫助，便說：「好啦，我也不勉強，不過你要有心理準備，我想他們如果真的把你跟綠鴿子聯繫起來，肯定會有所報復的。」

傅華攤了攤手說：「隨便他們了。」

也許在馬場差一點被咬真是一個不好的預兆，傅華從馬場出來，把鄭莉送回去之後，就接到了金達的電話。

傅華看著金達的號碼，苦笑了一下，他不太情願接這個電話，可是又無法回避，好半天才按下了接通的按鍵。

金達很不高興的說：「怎麼這麼久才接電話？」

傅華解釋說：「剛才沒聽到。您這麼急著找我，是有什麼事情嗎？」

金達說：「是。傅華，我有件事情要問你，你現在的女朋友到底是誰啊？」

金達之所以會這麼問，是因為穆廣的確查到了一些傅華跟綠鴿子組織的關聯，據穆廣得到的消息，綠鴿子組織主要的發起人叫鄭堅，鄭堅就是這次反對對二甲苯項目的主謀。穆廣又讓朋友對鄭堅進行了調查，這一調查，讓他大喜過望，原來鄭堅竟然是鄭老的兒子，而鄭堅的女兒據說現在跟傅華過從甚密，可能是傅華的女朋友。

一切謎團到此迎刃而解，穆廣終於證實這件事根本上就是與傅華有關，甚至很可能傅華才是幕後的主導者，而那個什麼鄭堅，也許只是傀儡而已。

穆廣趕忙把情況彙報給金達，金達卻對這個消息很是懷疑，他印象中傅華的女朋友並不是姓鄭，而是一個姓方的海川女孩，這與穆廣說的有點對不上號啊。穆廣卻堅持說他的消息是準確的，金達如果不信可以直接問傅華。

金達心中也想解開這個謎團，看看究竟是不是傅華在跟他搗鬼，於是才打電話來追問。

金達一開口就問傅華女朋友是誰，傅華就知道金達已經查到鄭堅這條線了，剛才在馬場鄭堅才提醒他要注意，所以他心中早有準備，便輕鬆地說：

「金市長，您怎麼突然關心起我的生活了，我跟您說，我可沒因為私生活的事情耽擱過工作。」

傅華這是在裝糊塗，金達心中不由得更加氣惱，便不耐煩地說：「我不是說你耽擱了工作，我只是想問一下你現在的女朋友是誰。」

傅華本不想說出自己的女朋友是鄭莉，那樣子金達就沒有追問下去的理由了，可是轉念一想，自己跟鄭莉現在進展順利，自己也跟鄭老公開了這段關係，再去否認，反而可能被金達認為心中有鬼，乾脆承認了：

「我現在的女朋友叫鄭莉，是鄭老的孫女。這有什麼問題嗎？」

傅華坦白說出鄭莉的名字，反而讓金達遲疑了，傅華這樣子似乎表明了他問心無愧，難道穆廣搞錯了？應該不會吧？

金達心中充滿了疑惑，說：「那這個鄭莉的父親是否叫鄭堅，是北京一家綠鴿子民間環保組織的成員啊？」

傅華作出一副詫異的口吻說：「我女朋友的父親確實是叫鄭堅，至於他是不是綠鴿子組織的成員我就不確定了，不過我女朋友倒是跟我說過，她父親很熱心公益，對環保什麼的特別熱衷，也許真是這家什麼綠鴿子組織的成員吧。金市長，我沒想到您對我的私事這麼感興趣，連我女朋友的父親是做什麼的也調查到了。」

金達沒好氣的說：「我才沒那個閒工夫去調查你女朋友的父親呢。傅華啊，你跟我說實話，你真的不知道這個鄭堅是幹什麼的嗎？」

傅華決定裝糊塗到底，回說：「多少知道一點啦，他是做天使投資的，不過空閒時間有沒有去做什麼環保活動，我就不太清楚了。我跟鄭莉剛確定彼此的關係不久，她的家人除了鄭老夫妻，其餘的我還真是不很熟悉。怎麼了金市長，您跟我女朋友的父親發生過什麼衝突嗎？」

金達越發弄不清楚傅華究竟知不知道這件事情了，他說：「他在北京，我在海川，我跟他會有什麼衝突啊？」

「那您怎麼會突然說起他來？」

金達說：「是這樣的，根據市裏面的調查，這次最先發起反對對二甲苯項目的帖子就是從這個綠鴿子組織的ＩＰ位址上發出來的，而且據瞭解，你女朋友的父親是直接的主導者。」

傅華驚叫了一聲：「怎麼會這樣？金市長，你可不要誤會啊，我可不清楚這是怎麼回事。」

在這種情形下，金達也不好硬是說傅華參與了這件事情，他嘆了口氣，說：「傅華，你真的沒參與這次的反對活動？那你女朋友的父親為什麼對這個項目的進展這麼清楚啊？這有些不合邏輯啊。」

傅華說：「不是的，金市長，我跟他還真是不太熟，他為什麼知道那麼多我就更不清楚了。不過，鄭老的家鄉是海川，我想他跟海川肯定是有別的聯繫管道的，絕不會只是駐京辦而已。」

金達呆了一下，傅華的話提醒了他，他知道這個消息後就急著來質問傅華，卻忽視了一個更重要的因素，那就是這個鄭堅是鄭老的兒子，而鄭老的家鄉就在海川，這件事當中有沒有鄭老的意思啊？

金達當然清楚鄭老的身分地位，鄭老雖然退休了，可是他在東海省還是很有分量的，金達這時才意識到自己跑來質問傅華是一個很不明智的舉動。幸虧傅華聲稱他不清楚這件事情，如果他承認這件事情他有份，那自己要怎麼辦啊？處置傅華嗎？要怎麼處置，撤他的職嗎？不說自己還沒有這個權力，就算自己有這個權力，恐怕也很難這麼處置，畢竟傅華和鄭堅背後還站著一個鄭老，而這個鄭老可是他招惹不起的，到此，金達也明白傅華為什麼這麼不慌不忙啦。

想通了這裏面的利害關係，金達忍不住在心中罵了句娘，他實在是窩火透頂，這時候他已經可以確定傅華不但是參與者，甚至就是整個事件的策劃者，這傢伙早吃定了自己無法拿他怎麼樣，才敢這麼做的。

但這口氣還得要吞下去，金達強笑了一下，說：「是啊，可能鄭老對家鄉的環境很關心也難說。不過他老人家也是的，有什麼意見可以明說嘛，讓自己的兒子搞這一套，我們這些基層的官員很被動啊。」

傅華聽出金達退縮了，便附和著說：「也許吧，鄭老對我們海川一直很關心呢。金市長，您還有什麼指示嗎？」

金達想要掛掉電話，可是心中這口氣又很難平復，就說：「指示倒不敢，你現在身在北京，又跟鄭老的孫女談起了戀愛，我能指示你什麼？只是我提醒你一句，別忘了你還是海川的駐京辦主任，還有很重的招商責任，馮氏集團這件事忙活了半天卻是一場空，等於說你們駐京辦今年還沒有拿出一份像樣的成績給我看。你自己心裏掂量著吧，不要以為攀上了高枝，就可以為所欲為，到時候你拿不出一份好的成績，我一樣對你不客氣。」

他說完，沒等傅華再說什麼，直接就掛了電話。

傅華聽著電話中傳來的斷線聲，不由得露出了一絲苦笑。堂堂一個市長用這種譏誚的口吻跟下屬說這種話，說明他心中惱火至極，自己算是徹底得罪了金達了，他也不會再像以前那麼信任自己了。

有了這一層認識，傅華感覺自己超脫了原本對忠誠的認識，他這個位置應該是忠誠於海川市民的，而不是忠誠於哪一個領導，可能從此他會失去很多拔擢的機會，不過幸好自己對職位本就不是很看重，傅華一向也認為自己是個做事的人，而不是一個追求更高職務的人，心中也就有了些求仁得仁的味道。

穆廣把情況彙報給金達之後，本來以為已經抓住了傅華的把柄，金達一定會想辦法嚴懲傅華的，可是過了好幾天，金達卻沒有絲毫要懲治傅華的動作，讓穆廣鬱悶了起來，難道金達和傅華的交情這樣深厚，深厚到明知道被傅華攪了好事，卻仍能容忍下去的程度？

穆廣不能看著事情就這麼無聲無息的被壓下去，見金達一直沒有動作，就找到了金達的辦公室。

穆廣開門見山，一見面就說：「金市長，您對傅華參與反對對二甲苯項目這件事情要怎麼處理？」

金達看了穆廣一眼，他的心情已經從當初的憤恨中平息下來，考慮事情就全面了起來，他見穆廣這麼急著看自己處理傅華，心中未免起了疑雲。他不相信穆廣單純只是因為項目沒落戶在海川而遷怒傅華那麼簡單，很早穆廣就在他面前表現出對傅華的反感了，那時候自己和傅華的關係還很和諧，現在他這麼做，是對傅華本身就有什麼意見，還是有什麼其他目的？

金達現在知道這件事情是一個燙手山芋，難免就有些懷疑穆廣不懷好意，這傢伙是不是想利用自己打擊傅華，甚至想看自己的笑話？

金達表面上不動聲色地說：「老穆啊，現在還不能證明這件事情與傅華有關。」

穆廣叫了起來，說：「不可能，哪有這麼巧的事情，他女朋友的爸爸對我們海川的項目這麼熟悉，難道是碰巧嗎？我可以確定就是傅華在其中搞的鬼。」

金達看穆廣這麼急著把事情往傅華身上牽，心中越發懷疑穆廣是什麼地方對傅華有意見了，加上他已經決定不會因為這件事情處置傅華，就笑了笑說：

「怎麼不可能？我問過傅華了，他說他跟女朋友的爸爸還不是很熟，鄭堅為什麼這麼做他並不清楚，也不知道鄭堅的消息管道是什麼。」

穆廣笑了，說：「怎麼可能，金市長，傅華這麼說您就相信他啊？這個解釋根本就不能成立。除了他，誰還會給鄭堅提供消息啊？我認為這件事情傅華就算不是主謀，起碼也是洩密者。」

金達笑了笑說：「我倒覺得也許還存在別的可能性，傅華分析說鄭老也是海川人，跟家鄉也有聯繫的。」

穆廣說：「您是說鄭老給他兒子鄭堅……」

穆廣說到這裏停了下來，他也是一個很敏銳的人，馬上就知道傅華是早就算計好了的，可惜的是自己當時見獵心喜，完全忽視了這一點。

穆廣自然也是招惹不起鄭老的，他看了一眼金達，心說這傢伙原來也不笨啊，難怪他會偃旗息鼓了，原來他也知道惹不起啊。

金達見穆廣說不下去了，知道他也意識到自己踢到鐵板，便說：「老穆啊，現在這個項目已經確定與我們海川無緣了，我們也不要老是糾纏過去了，還是放眼未來比較好，你說呢？」

穆廣心說我還能說什麼，你這傢伙見機不妙已經閃開了，我也不能傻到撞了南牆還不回頭，便也笑了笑說：「是呀，老是糾纏過去也沒什麼意義的。」

這一次穆廣本來以為可以好好整整傅華的，到此知道是沒戲了，他空歡喜了一場，心中自然是更加恨傅華了。

北京，在趙凱的家中，傅華帶鄭莉過來跟趙凱見面。

傅華很小的時候就沒有了父親，在他和趙婷婚姻存續的這段期間，他在趙凱身上感受到了父愛，因此他對趙凱是當做父親那樣尊重，即使在跟趙婷離婚之後，他也沒改掉對趙凱爸爸的稱呼。他帶鄭莉來見趙凱，也有幾分見家長的意思。

趙凱聽到傅華跟鄭莉好上之後，也很高興，說：「我早就覺得你們很般配，你們能在一起，我很欣慰。」

雖然是在家裏，趙凱仍然把場面搞得很正式，不但讓保姆做了一桌很豐盛的晚餐，他自己更是盛裝出席，以表示對鄭莉的尊重。

鄭莉感受到趙凱的這番心意，笑著說：「趙叔，您真是太客氣了，我就是跟傅華過來坐一下，看看您，隨意就好。」

趙凱笑了笑說：「那怎麼行，這是應該有的尊重。」

傅華說：「爸爸，您待我一直就像親生兒子一樣，我覺得跟過去沒什麼差別，您就不要這麼見外了。」

鄭莉在一旁說：「是啊，趙叔，今天傅華帶我來，是帶我來見他的爸爸，只希望趙叔不要嫌棄我。」

趙凱欣慰地說：「我高興還來不及呢，怎麼會嫌棄呢？鄭莉啊，你跟小婷原來就是好朋友，我們家的事你也很清楚，小婷離開傅華，我覺得傅華是受了委屈，我一直很過意不去，現在看到你們在一起就放心了，我很替你們高興，真的。」

見過趙凱後，傅華和鄭莉的關係算是正式公開了，隔了一天之後的凌晨，傅華接到趙婷的電話。

「傅華，我聽說你跟鄭莉姐在一起了？恭喜你啊。」

這是兩人離婚後第一次直接通話，傅華苦笑了一下，說：「小婷，我以為這輩子都跟你講不上話了。」

趙婷尷尬的說：「傅華，我一直都不太好意思跟你通話，你心裏是不是很恨我啊？」

傅華笑了笑說：「沒有，是我不夠好，沒能照顧好你，你才會離開我的。」

趙婷說：「也不能這麼說，我也喜歡上了John。」

傅華說：「這是你的性格，做什麼都很直接。」

趙婷笑笑說：「還是你瞭解我。」

「你和傅昭在那邊都好嗎？」傅華問。

趙婷說：「都挺好的，傅昭開始依依呀呀的學說話了，你想不想聽聽他的聲音啊？」

傅華急道：「想啊，想啊。」

趙婷就把話筒放到傅昭的嘴邊，傅昭依依呀呀也不知道說些什麼，傅華聽到兒子說話的聲音，眼淚一下子流了下來，這是他的兒子啊，現在想抱他一下都難。

過了一會兒，趙婷把話筒拿了回來，笑著說：「怎麼樣，兒子是不是很可愛啊？」

傅華哽咽的說：「是，我很想抱抱他，可惜這麼遠。」

趙婷說：「你別難過了，等他大一些我會帶他回去看你的。」

傅華苦笑說：「到時候怕是他不認識我是誰了。」

趙婷說：「好啦，你別這麼感傷了，你現在不是也有鄭莉了嗎？說起來也挺有意思的，我也算是成全了你們，其實我很早就看出來你跟她互相之間是有情愫的。那時候若不是我積極爭取，怕是你們早就成夫妻了。老天爺折騰了這麼久，還是讓你們在一起啦。傅華，你替我跟鄭莉姐說一聲，就說我祝福你們。」

傅華笑了笑說：「謝謝，我也祝你和John幸福。」

趙婷無奈地說：「謝謝你了，傅華，還肯給我道一聲祝福。你現在可好，有了鄭莉，連我爸爸都替你高興，我就不行了，我和John在一起，家裏沒一個人接受的，我爸對John愛理不理的，我弟更是一再的替你抱不平，對John橫眉冷對的。」

傅華勸道：「婚姻是你自己選擇的，你覺得幸福就好，不要在乎別人的想法。再說，你也不是一個在乎別人想法的人。」

趙婷聽了，笑說：「這倒是真的，我和John在這邊過得很快樂，John每天都會陪傅昭玩，喜歡傅昭得不得了。」

傅華總算有些安慰，說：「那就好。」

兩人又聊了一會兒，畢竟現在關係還是有些彆扭，很快就沒有了話題，趙婷說了聲再見，就掛了電話。

放下電話，傅華惆悵了好半天，他其實骨子裏是一個保守的人，從來沒想到自己會離婚，如今跟趙婷不但離了婚，還跟兒子天各一方，不能不說是天意弄人啊。

早上，傅華在辦公室接到了鄭堅的電話，鄭堅問：「小子，你們市裏面這幾天沒什麼動靜吧？」

傅華不解地說：「會有什麼動靜啊？」

鄭堅說：「海川的人在查我的底，你跟小莉現在來往的這麼密切，肯定很快就會聯繫到你身上的，我有點擔心他們報復你啊。」

傅華故意說：「那怎麼辦？為了避免被查到，我是不是先跟小莉斷了往來啊？」

鄭堅急說：「那怎麼行？小莉跟你在一起之後，整個人都變得開朗了起來，你現在跟

她斷了往來，即使是暫時的，她也會不高興的，到時候還不怪死我啊？」

傅華無奈地說：「那怎麼辦啊，我總不能就這樣被抓到吧？哎呀，叔叔，這都怪你了，都是你非要把我拖進這件事情的。」

鄭堅說：「小子，你這也是為海川市民做了一件好事，怎麼能怪到我頭上呢？」

傅華笑笑說：「我是做了一件好事，可是我也把自己賠進去了，就算他們不撤我的職，也會想其他辦法整治我的，你讓我的處境都惡化了，還說沒有責任嗎？」

傅華一直嘻皮笑臉的，鄭堅感覺到了不對，便說：「小子，你是不是又在逗我啊，我怎麼一點都不覺得你有緊張的感覺啊？」

傅華一副無所謂的樣子說：「緊張也沒有用啦，我們市長已經找過我了，還問了我跟叔叔你的關係。」

鄭堅緊張地說：「這麼說他們已經查到你了？你承認跟這件事情有關了？」

傅華說：「我沒承認，不過我想他還是猜到了我是有份的。」

鄭堅鬆了口氣說：「你沒承認就好，這個時候千萬不能承認，你不承認他就只能懷疑而已，就拿你沒招，知道嗎？」

傅華說：「我現在沒心情去想那麼多，我只是想要如何擺脫這個尷尬的局面，叔叔，你是害我這樣的罪魁禍首，你可要幫忙，不能只是躲在一旁看我的笑話啊？不然的話，小莉那邊我是不會給你說好話的。」

鄭堅笑了，說：「小子，你想訛詐我啊？好吧，你想讓我怎麼幫你？」

傅華說：「我是這樣想的，我剛打了海川市領導們一個巴掌，總要趕緊給他們一個甜棗吃吃，好在心理上安慰一下他們啊。」

鄭堅聽了說：「這倒也是，讓他們老這麼記恨你，也不利於你今後的工作，那你想怎麼給他們甜棗吃啊？」

傅華這幾天認真地考慮過這個問題，他認為不管怎麼樣，首先是應該把工作做好，只有在工作上做出成績，他的位置才能更穩固。

金達批評他也不是一點都沒道理，他自從陳徹的融宏集團之後，還沒拉到一個像樣的項目回海川呢，工作上確實是少了些進取性。傅華認為鄭堅是在美國發跡的，肯定在美國有一些商業上的人脈，如果能透過鄭堅拉到一些國外的客戶落戶海川，也算是給金達一個交代，也彌補一下兩人間因為項目泡湯而造成的裂痕。

傅華說：「叔叔，您是從美國回來的，在國外肯定有很多商業上的人脈，能不能幫我們海川拉一些招商項目過來，海川你也很熟悉，還是很值得投資的。」

鄭堅笑了笑說：「小子，你捉摸這個很久了吧？」

傅華笑笑說：「也沒很久啦，海川也算是你的家鄉，你也應該為它做些貢獻不是？就算你為打掉那個項目做補償了。」

鄭堅說：「小子，這個忙我是想幫你，可是不是那麼容易。我在美國商界是有些人脈關係，不過那些大公司的CEO視野都是很廣的，他們雖然也想把基地放到中國來，可他們的著眼點都希望落腳地能夠輻射大中華地區，所以他們大多會選擇上海周邊地區，華東這一邊他們很少關注的。」

傅華說：「現在上海周邊地區都是廠滿為患，過多的企業擠在這些地區，不光拉高了人力和土地等成本，也無法給企業提供更大的發展空間，這種情況下再要擠進這些地區去，顯然是不明智的。叔叔，你看這樣好不好，如果你有朋友要來國內發展，可以介紹給我，我來說服他，好不好？」

鄭堅聽了，笑說：「你小子說起商業來也是頭頭是道啊，你看問題還很獨到，不要再留在駐京辦了，出來跟我吧，我給你機會。」

傅華笑了，說：「我如果對經商有興趣，早就進我岳父的通匯集團了。」

「小子，說起通匯集團，有件事我還要問你呢，你跟你老婆離婚了，怎麼還跟趙凱糾纏不清啊？還帶著小莉去見趙凱，這算什麼意思啊？舊情不忘嗎？」鄭堅說。

傅華說：「我父親死得早，趙凱對我來說就像父親一樣，我帶小莉去見他，也是見家長的意思，你不會連這個也反對吧？」

鄭堅說：「你小子真是會做人啊，不過我總覺得彆扭，感覺好像你跟前妻糾纏不清似的，小莉會不會覺得彆扭啊？」

傅華笑笑說：「這你放心，小莉跟趙凱相處得很好，再說，我也不會讓小莉受任何委屈的。」

「你最好能做到這一點，否則我是不會對你客氣的。」鄭堅又說。

傅華立刻說：「我一定說到做到的。」

鄭堅說：「看來趙凱確實對你不錯，你才會離了婚之後還這麼尊敬他。不過，我也不會對你太差的，正好我有一個朋友，是美國史密森公司的CEO，史密森是全世界精密數控機床的老大，壟斷了全球百分之四十的數控機床的生產，他們有意把美國的工廠遷到中國來，現在正在上海考察，他目前是考慮選擇上海周邊地區，我可以把他介紹給你，說不說服得了他，就看你的本事了。」

傅華聽了不由得大喜，說：「謝謝，謝謝。」

鄭堅笑了說：「你這小子，有奶就是奶，我給你好處，你就對我這麼客氣了?!不過你也別高興得太早，史密森公司的CEO叫湯姆，是個很倔強的人，做事十分認真，我只能把你介紹給他，他能不能答應你的要求，把基地設到海川去，可就很難說了。」

傅華立刻說：「您能介紹給我，我就很高興了。放心吧，我會精心準備，一定能勸說史密森公司落戶海川的。」

鄭堅說：「小子，你見到湯姆之後，可能就不會這麼樂觀了。」

傅華說：「行不行要試了才知道。」

「那你趕緊準備吧，回頭我跟湯姆約一下，明天我們就飛上海。」

鄭堅掛了電話，傅華趕緊把林東和羅雨找來，讓他們先暫時放下手頭的工作，趕緊搜集有關史密森公司的一切資料，特別是有關現任CEO的資料，傅華想儘量做到知己知彼，這樣才能有機會說服湯姆。

林東和羅雨就趕忙展開工作，傅華也開始準備各項簡報資料，這時有人敲門，傅華喊了聲：「進來。」一位個子不高，戴著金絲眼鏡，前額已經禿了不少的四十歲左右的男子走了進來，

傅華看見來人，立即站了起來，說：「大記者，怎麼有空跑到我這裏來了？」

來人笑了笑說：「我要回海川幾天，來看看你海川那邊有沒有什麼事情。」

來人是海川籍的記者張輝，他畢業後就在「英華時報」做了記者，是傅華做駐京班主任後認識的。

傅華說：「我那邊也沒有什麼人啦，沒什麼事情了。這次回去幹什麼，不會是要做什麼重大報導吧？我看你的頭髮比上次來時又禿了一些，是不是老想著找什麼重大事件報導

的關係啊？」

張輝是英華時報的名記者，以愛寫一些抨擊時弊的文章著稱。

張輝笑笑說：「我這是雄性荷爾蒙分泌過多造成的，可不是想事情折磨的。再說，我回自己的家鄉做什麼報導啊，我這次是因為有了幾天假期，回去探親的。」

張輝的否認，倒是讓傅華心裏起了疑雲，張輝突然回去，似乎內裏別有文章，他說：「這不年不節的探什麼親啊？你這可有點古怪啊，是不是發現海川有什麼問題，想要回去搞暗訪啊？」

張輝笑了起來，說：「傅主任，你是不是太敏感了，我們做記者的，年節都在報社裏值班，哪能回去探親啊。我去年過年就沒回家看父母，好不容易有了假期，回去看看父母你也懷疑啊？」

張輝的解釋合情合理，讓傅華放下了心中的疑問，便說：「我問問就是了，沒別的意思。」

張輝說：「誒，傅主任，我這次回去會多待幾天，海川有沒有什麼新的好玩的娛樂項目啊？」

傅華想想說：「海川沒什麼大的變化，可以玩的東西不多。」

張輝問道：「那有沒有什麼可以運動的地方，比方說高爾夫球、騎馬之類的？」

傅華笑笑說：「你以為海川像北京一樣嗎？這些都沒有啊。」

傅華倒不是忘記了白灘那邊錢總新建高爾夫球場的事，只是因為牽涉到地方上很多的人和利益，傅華從謹慎的角度上考慮，不想在張輝面前透露這個情況。

張輝有些遺憾地說：「我剛學會打高爾夫，現在不摸球桿手都癢，海川如果沒有高爾夫球場，這下子回去可要悶死我了。」

傅華知道打高爾夫球是會令人上癮的，看張輝這副表情，取笑說：「你到底是回去看望父母的，還是去打高爾夫的啊？」

張輝不好意思說：「當然是看望父母的，不過，順便也能打打高爾夫就更好了。」

傅華笑笑說：「好啦，你還是專心陪父母幾天才是正經。」

張輝又坐了一會兒就離開了，傅華急於搜集安德森公司的資料，因此並沒有特別注意到張輝話裏話外都在往高爾夫上面引。

由於時間倉促，傅華並沒有找到太多安德森公司和湯姆個人的資料，只知道湯姆是德裔美國人，他的祖父移民美國，創辦了安德森公司，其他的資料，基本上跟鄭堅講的差不多。

傅華一聽到德裔美國人，頭就有些大了，德國人的固執、精細和紀律性是出了名的，鄭堅已經跟他說過這個湯姆是很倔強的，傅華心中一點勝算都沒有，他只能在強化自身上面下工夫了，希望自己的準備工作能打動湯姆。

致命一擊

傅華當然並沒有被穆廣的熱絡迷惑住，
他知道穆廣才是對自己有真正威脅的人，金達雖然對他不滿，
可做的都是公開的，這種敵人的危險性並不高；
穆廣則相反，他像一條表面馴服的毒蛇，
一旦要噬咬你，那就是致命的一擊。

第二天，鄭堅和傅華上了飛往上海的飛機，鄭堅只是介紹人，因此沒有什麼壓力，顯得氣定神閒，傅華卻顯得憂心忡忡。

這回不同於上次找陳徹，那次傅華是做了充分的準備，因此在見陳徹之前，他底氣十足。這次鄭堅沒有給他太多機會去跟湯姆打交道，他抓不準湯姆的底牌，這次如果不成功的話，可能也沒有下一次的機會了。

鄭堅問說：「小子，你有沒有把我這次幫你的事情跟小莉說啊？」

鄭堅這是想要在鄭莉面前表功，傅華笑了，說：「我當然跟她說了，我們要在上海待幾天，當然要跟她說了。」

鄭堅又問：「那她有沒有說什麼？」

傅華笑笑說：「說了，她有些不太高興，說我怎麼沒事總喜歡跟你攪在一起啊？」

鄭堅臉沉了下來，說：「這個小莉真是的，這怎麼算是沒事呢，我這是在幫你做好工作啊。」

傅華笑著說：「我的工作也是被你搞壞的啊！」

鄭堅眼睛瞪了起來，說：「喂，小子，你不是還在記恨上次那件事吧？」

傅華笑笑說：「不是啦，我跟你開玩笑的，小莉也沒說不願意我跟你攪合在一起，她只是說既然有機會跟你出來，就要我跟你多學習學習。」

鄭堅不太相信地說：「小莉真這麼說？」

傅華點點頭說：「她真的這麼說，還說你在美國是憑真本事闖出一片天的，肯定有你的獨到之處，所以讓我珍惜這個學習的機會。」

鄭堅看了傅華一眼，說：「你小子嘴突然變得這麼甜，是不是又有什麼有求於我的地方？」

傅華笑笑說：「沒有啦，小莉真是這麼說的，我開始是跟你開玩笑的，我現在很緊張，想開個玩笑緩和一下自己的情緒。」

鄭堅聽了說：「小子，大戰之前緊張是很正常的，只是你到了他面前千萬不要緊張，這些大公司的老板們閱人無數，你如果無法在他面前表現到最好，他對你根本就不會搭理的。」

傅華說：「我之所以緊張，是因為我對這個湯姆並不是很瞭解，要如何應對他心中絲毫沒有把握，你能不能多跟我說說他的事，我也好多瞭解一些。」

鄭堅說：「我能給你的資料並不太多，我個人對他的評價是精準、倔強、一絲不苟，我想這對你目前不會有太大的幫助吧？」

傅華點點頭，說：「你說的這些跟我瞭解的差不多，光有這些我還是沒有信心說服他。」

鄭堅開導說：「小子，你現在別慌，我認為信心可以從兩方面去獲得，一方面是像孫子所說的，知己知彼才能百戰不殆，這種信心是建立在對對手的全面瞭解下的；顯然現在你做不到這一點，那你就要考慮從另一方面去建立你的信心了。」

傅華納悶地說：「另一方面是怎樣呢？」

鄭堅笑笑說：「楚霸王項羽破釜沉舟的故事你知道吧？」

「破釜沉舟」的典故出自史記項羽本紀。秦國的三十萬人馬包圍了趙國的巨鹿，趙王連夜向楚懷王求救。楚懷王派宋義為上將軍，項羽為次將，帶領二十萬人馬去救趙國。誰知宋義聽說秦軍勢力強大，走到半路就停了下來，不再前進。項羽便殺了宋義，自己帶著部隊去救趙國。項羽先派出一支部隊，切斷了秦軍運糧的道路；他親自率領主力過漳河，楚軍全部渡過漳河以後，項羽讓士兵們吃了一頓飽飯，再帶上三天乾糧，然後傳令把渡河的船鑿穿沉入河裏，把做飯用的鍋砸碎，附近的房屋也放火統統燒毀。表示他有進無退、一定要奪取勝利的決心。

傅華對這個故事當然很熟悉，便說：「叔叔不會是讓我學項羽這種賭徒的行徑吧？」

鄭堅說：「你不學項羽，請問你還有什麼別的辦法嗎？」

傅華笑了，說：「這個時候也確實沒有了。」

鄭堅說：「你不要以為項羽這麼做是盲目的，其實他是對自己的軍隊有著絕對的信心

才敢這麼做，他也是用破釜沉舟來激起士兵的信心。後來韓信的背水一戰也是學項羽的招數。你現在的處境跟項羽、韓信有得一比，你只有這一次的機會，如果你這次沒辦法打動湯姆，下次他連見都不會見你的，所以你應該考慮的是如何把你最好的一面展現出來給湯姆看，這才是你的信心之源。」

傅華若有所悟說：「真是受教了，小莉沒說錯，叔叔你果然有獨到之處。」

鄭堅得意的說：「那倒是，你沒去華爾街上打聽一下我Mike鄭，多少人都服我的！小子，你大膽的去見湯姆吧，必要的時候我也會幫你說話的。」

到了上海，鄭堅和傅華直接去了湯姆住的飯店，湯姆五十多歲的年紀，壯實魁梧，已經有點發福，典型德國人的模樣。

湯姆見了鄭堅很熱情，跟他擁抱著，稱呼鄭堅的英文名字Mike，隨即鄭堅給湯姆介紹了傅華。

湯姆聽完鄭堅的介紹，跟傅華握了握手，然後看著鄭堅說：「Mike，我這次來中國選擇生產基地，大致的範圍是在上海和其周邊地區，這是我們公司確定了的規劃，你帶這麼一位朋友來做什麼？」

傅華知道湯姆對自己有些排斥，便趕忙說：「湯姆先生，我來呢，並不是要逼你做什麼決定的，我只是覺得貴公司可能還不瞭解我們海川市的狀況，希望你能給我半小時的時間，讓我把我們海川市的基本狀況和我們能為安德森公司落戶做的一些安排陳述一下，你如果聽完我的陳述不感興趣，我們馬上就離開，絕對不多耽擱你一分一秒。」

鄭堅幫傅華把話翻譯給了湯姆聽，然後說：「湯姆，我們是老朋友啦，半個小時的時間你總會給我吧？」

湯姆看了看兩人，然後又看了看表，說：「好，就半個小時。」

傅華看了看表，就開始陳述，他省掉了很多客套話，立刻直奔主題，先用幾句話交代了海川市地理和交通的狀況，然後有針對性的講了海川市工業發展的情形以及海川市可以為精密機床生產提供的配套便利、海川市可以為安德森公司提供必要的人才儲備……等等。

傅華邊講，鄭堅邊翻譯。傅華此刻的心情反而放鬆了下來，到這個地步，他知道緊張也沒有用的，他只有破釜沉舟，把自己最好的一面展現給湯姆看。

一開始，湯姆的態度還很敷衍，似乎是磨不過鄭堅面子的樣子，但越聽下去，他的神態越專注，傅華的陳述雖然簡潔，但考慮全面，為他們提供了一套解決問題的方案，雖然湯姆現在還不能立刻就接受這個方案，可是簡報內容已經吸引住他了。

傅華看湯姆神態凝重起來，就知道他被吸引住了，心中越發自信，講得就越發到位。

湯姆聽得津津有味，傅華卻看了看表，時間已經二十九分多了，便笑笑說：「基本情形我就介紹到這裏，我的陳述並不能完全表達出我們海川投資環境的優越，所以歡迎湯姆先生您能到我們海川去實地看一看，我想您肯定不會失望的。」

鄭堅翻譯完，傅華看看時間正好三十分鐘，便鬆了一口氣，他希望能夠給這個凡事講求精準的德國人也留下一個精準的印象。

湯姆聽完，笑了對鄭堅說：「Mike，你帶來的這個朋友很不錯，他能在三十分鐘內就引起我的興趣，看來是做了不少準備工作，現在的年輕人真是不得了啊。」

鄭堅笑笑說：「湯姆，我怎麼會帶差勁的朋友來見你呢？怎麼樣，是不是可以考慮把生產基地設在海川了呢？」

湯姆笑了笑說：「不會這麼容易就下決定的，不過，你這位朋友已經讓我對海川產生了濃厚的興趣，我倒是願意去海川看一看。」

傅華第一步的目標總算達到了，趕忙說：「湯姆先生，您看您什麼時間可以成行啊？」

湯姆說：「傅先生倒是步步緊逼啊，我還準備去崑山那邊看一看，看完之後，我們再來定行程好不好？」

傅華一聽湯姆還要去崑山，心裏就有些急了，他知道崑山的招商工作十分到位，甚至他們還曾經到崑山去學習招商經驗，這安德森公司是國際著名的公司，要是到了崑山，被崑山爭取去了，可就沒海川什麼戲了。

傅華趕緊用求救的眼神看了看鄭堅，鄭堅明白傅華是怕失去這個機會，便說：「湯姆，既然你已經對我這個朋友所說的動心了，何不改變行程，馬上就過去看一看呢？」

湯姆笑笑說：「Mike，你別這麼急嘛，這是預定好的行程，我已經跟人家約好了的，不好爽約。放心吧，我既然答應他，就一定會去看的。」

鄭堅說：「那你要答應我，等看完海川之後再做決定。」

湯姆點了點頭，說：「這點自然，我也會比較各地的優劣才來決定的。」

傅華就和湯姆互留了聯繫方式，然後和鄭堅告辭離開。兩人就在這間飯店住了下來，鄭堅說他要等湯姆去海川的事情安排妥當之後再回北京。

兩人回房間休息了一會兒之後，一起去吃晚餐。

鄭堅讚許地說：「小子，你在湯姆面前的表現很不錯，不慌不忙，把握得精準到位，我當時在一旁也不禁暗暗豎大拇指。」

傅華笑說：「這要多謝叔叔你的指點了。」

鄭堅又說：「不過呢，你也不要高興得太早，崑山有很大的優勢，最終湯姆選不選擇你們還很難說，你要做的事情還很多。對了，這件事情你跟你們市長彙報了嗎？」

提起市長，傅華苦笑了一下，現在他跟金達的關係尷尬，不再像以往那樣隨便，在湯姆還沒確定行程之前，他不好先跟他們彙報，他怕如果彙報後湯姆又不去海川了，他會更加尷尬。

傅華便說：「我想等確定行程之後再彙報。」

「小子，我知道你現在跟金達的關係很尷尬，其實這點小尷尬沒什麼的，比這個更尷尬的事情我都遇到過，你不要太過在意了。而且我覺得越是這種時候，你越要去親近他們，今天這件事便是一個很好的機會，你可以就此機會跟你們市長多交流一下，人要多交流才會有感情的，你不找機會多跟你們市長交流，他還會以為你對他的敵意很深呢，你說是吧？」鄭堅開導傅華說。

傅華看了看鄭堅，說：「這樣好嗎？」

鄭堅笑笑說：「這有什麼不好的？這起碼說明你問心無愧，更何況，很多時候你不但要親近你的朋友，更要親近你的對手，這樣子你才會知道對手在想什麼啊。」

傅華笑了，說：「我可沒想拿他們當作對手。」

鄭堅搖搖頭，說：「那你就錯了，像你們市長這樣級別的官員，很多時候他們優先考慮的不是友誼，而是政治利益，他們為了自己的政治利益是會出賣朋友的，所以你千萬不要拿這種人當朋友，否則你會死無葬身之地。你更多的時候是應該把他當對手去考慮，我並不是要你去想辦法打倒他，而是要你多一份防備之心。」

傅華想想也是，這段時間金達對他的態度，已經表明了金達優先考慮的是他的政治利益，而非他們之間的友誼，自己還真沒必要自作多情的拿他當做朋友。

傅華不禁說道：「叔叔，我現在越來越覺得你很睿智了。」

鄭堅笑笑說：「小子，我知道你原來是怎麼想的，你大概是認為我不過是個愛喝酒、愛罵人的老頭兒，是吧？」

傅華不好意思地笑了。

吃完飯，傅華和鄭堅各自回房間。傅華覺得鄭堅說得很有道理，就撥通了金達的電話。

電話是金達的秘書接的，問傅華有什麼事。傅華感到了一種疏離，以往自己打電話，都是金達自己接的，現在卻由秘書來接，顯然金達在兩人間已增加了一道圍籬。

傅華心中暗自為金達的氣量狹小感到可笑，不過這種局面他也不是沒想到，因此就說了自己要彙報的事情，秘書說要請示一下，過了一會兒，金達接了電話，他的語氣淡淡的，問傅華有什麼事。

傅華心知金達還在為對二甲苯項目的事情生氣，也不去管它，自顧的將安德森公司想要尋找生產基地的事情彙報了，又說自己過幾天會帶安德森公司的ＣＥＯ到海川去考察，希望市裏面能及早做準備。

金達並沒有因為傅華新找來了項目而感到高興，哦了一聲，就不言語了，傅華被晾在一旁，不知道金達是什麼意思，也不敢掛掉電話。

過了好一會兒，金達可能感覺差不多了，就不冷不熱的說：「這麼說，你覺得這個項目沒有環保問題了？」

這又是一個刻意為之的舉動，傅華越發覺得好笑，他現在越來越覺得好玩了起來，感覺自己像是站在一個高於金達的位置上俯視金達，這種能洞悉金達心中想法的角度，讓傅華變得徹底放鬆下來，讓他不再畏懼金達在權勢上給他造成的威壓。

傅華笑了笑說：「如果金市長覺得這個項目有問題，可以拒絕，反正決定權在您，我現在就可以回絕湯姆先生。」

金達當然不會拒絕接受這個項目，安德森公司是國際著名的公司，回絕這樣一個項目顯然不符合他這個做市長的利益。再說，他也不能承擔阻撓招商工作的責任。

不過金達心中很惱火，他本來想譏諷一下傅華，沒想到傅華不但沒收斂，卻將了他一軍，主動權一下易位，現在變成金達反過來要跟傅華說好話了。

被自己屬下這麼捉弄，金達感覺十分窩囊，他冷冷地說：「傅華，你想太多了，我不過是想問一下這個項目環保方面有沒有什麼問題而已，怎麼牽涉到拒不拒絕上面了？好啦，既然你感覺這個項目不錯，那就帶回來吧。」

傅華心中冷笑一聲，心說你總算公私還分得開，沒把對我的意見遷怒到工作上去，他便說：「那我就做安排了。」

金達冷冷地說：「行啊，具體工作你跟穆廣副市長談吧，以後這種工作方面的事情你直接跟分管領導彙報，不要再來找我了。」

駐京辦是常務副市長分管的，理論上，傅華是不能直接跟金達彙報的，不過因為傅華和金達的關係很好，加上有些項目確實很重大，傅華通常會直接跟金達彙報。這有工作層面的關係，也有私人友誼方面的因素，金達這麼說，顯然是想切斷這層直接的聯繫，也等於是明白向海川政壇宣告傅華不再是他派系的人馬啦。

傅華拿著電話忍不住輕輕地搖了搖頭，心說：金達啊金達，你以為我傅華能在駐京辦立足是靠了你嗎？你雖然權勢比我這個駐京辦主任大很多，可是你也不能左右我，甚至你也不敢動我這個駐京辦主任的。反過來說，你雖然是市長，可是如果沒有我們這些基層人員支持，恐怕你在海川也不能得心應手。

傅華笑了笑說：「那不好意思，打攪金市長您了。」說完，也不等金達回應，直接就扣了電話。

金達放下電話時，心中很是失落，這與他期望的結果並不一致，他原本是希望切斷跟傅華的直接聯繫後，會讓傅華有一種失寵了的緊張、畏懼感，這樣也許他會再給傅華一點甜頭，重新將他收服。沒想到傅華竟然滿不在乎，好像切斷了跟他的直接聯繫，是給他去掉了一個負擔似的。

這讓金達不由得重新開始審視他和傅華之間的關係。認真想起來，一路走來，都是傅華不斷地在幫助他，他並沒有求他做什麼事情，而自己卻向傅華索取了很多，金達覺得對傅華做的可能有些過分了，他有些後悔，想要打電話給傅華，再跟傅華聊聊，好緩和一下關係。

可是手伸出去時，又想起了傅華剛才那滿不在乎的態度，他感到自己的權威再次被冒犯了，心說：你傅華算是什麼東西，不過是個小小的駐京辦主任，有什麼資格這麼囂張的跟我說話，就算是張琳也不曾這樣對我過。這一切還不都是因為你在我最困難的時候支持過我嗎？我對你已經夠忍讓了，你還這樣子對我，難不成你想騎到我的頭上作威作福嗎？

此風不可長！金達縮回了手，他不想再跟傅華談了，他覺得那樣越發會助長傅華的囂張氣焰，算了，先冷落他一段時間再說，讓他體會到沒有自己護著的辛酸，也知道知道他究竟是什麼身分，到那時候再來修復這段關係吧。

金達放棄了主動跟傅華和好的想法，不過他還是拿起了電話，這一次他是打給了穆廣，將安德森公司想來考察的事跟穆廣說了，讓穆廣做好必要的準備。

傅華雖然先掛斷了電話，卻越想越氣悶，他費盡心機爭取這個項目，又主動打電話向金達彙報，等於是變相的向金達示弱，有向金達求和好的意思，沒想到金達不但說話語帶譏諷，更說今後不要直接跟他報告，切斷了兩人間直接的聯繫。傅華感覺自己有熱臉貼了人家冷屁股，如果對方換了是徐正，也許傅華心裏還沒有什麼，可是這是自己幫助過的人啊，雖然他從來沒因此居功過，可是也不應該受到這種對待啊。

受此齷齪，傅華的心情再也好不起來，第二天一早吃早餐的時候，他的臉也是陰沉的。

鄭堅看了看他，問說：「看這個樣子，你是跟你們市長彙報過了？」

傅華苦笑著說：「彙報過了，人家還是不待見我啊，還說什麼叫我跟分管領導彙報就好，不要直接跟他彙報。想不到這傢伙就這點度量。」

鄭堅笑了，說：「不是書讀的多，眼光和氣度就大啦，這是一個人的個性問題，甚至某種程度上，讀太多書，遇到事情也想得多，氣度反而更小。好啦，你別生悶氣了，事情又錯不在你，你用別人的錯誤懲罰自己是不明智的。」

傅華總算釋懷多了，說：「這倒也是。」

鄭堅說：「其實我覺得你們這個領導不夠明智，有你這樣一位有能力又肯幫他的屬下，本來是他的幸運，他卻非要把你推開，這是只有傻瓜才幹的事情。你也不要管這麼多了，繼續幹好你的本職工作好了。」

傅華點了點頭，不管從哪個立場上，他都是要做好自己的工作的。

吃完早餐後，傅華打電話給穆廣。

穆廣說：「傅華啊，昨晚金市長跟我說你又聯繫到一個美國的大公司，很好啊。」

穆廣是一個有心機的人，不像金達直接把不滿表現出來，他把對傅華的恨意壓在心底，表面上仍表現得跟傅華很熱絡。

傅華當然並沒有被穆廣的熱絡迷惑住，他知道穆廣才是對自己有真正威脅的人，金達雖然對他不滿，可金達做的都是公開的，就算是敵人，也是明面上的敵人，這種敵人的危險性並不高；穆廣則相反，他像一條表面馴服的毒蛇，一旦要噬咬你，那就是致命的一擊。

傅華笑了笑說：「我正要跟穆副市長彙報這件事情呢。」

穆廣說：「好哇，說吧，需要市裏面做什麼準備工作？」

傅華就講了一些他認為湯姆可能感興趣的方面，讓穆廣儘量做好安排，確保能把安德森公司留在海川。

穆廣讓秘書一一記錄下來，然後說：「好的，我會儘快部署下去，等著你帶安德森公司的人過來。」

又過了一天，湯姆考察完崑山，就跟著傅華去了海川，鄭堅見此行的使命順利達成，也就坐飛機回北京了。

不知道出於何種原因，穆廣和金達都沒去機場接機，是由招商局局長王尹到機場迎接傅華和安德森公司一行人。王尹給傅華的解釋是市裏有重大活動，金達市長和穆廣副市長都走不開，只好安排他來接機。

傅華心中清楚這是穆廣在給他眼色看，故意降低規格來接待湯姆，心中有些無奈。官場上的等級制度是森嚴的，局長出面接待和市長出面接待，層次也就差了一大截，傅華心中是很不愉快的，不過看湯姆一行人對此倒不是十分在意，也就多少放了點心。

此外，穆廣不出面也不是沒有一點好處，這次接待工作就少了很多的繁文縟節，傅華也因為這樣，放了更多的心思，一再要求招商局的工作人員把細節做的儘量完美。

招商局局長王尹也不敢對這次的接待任務稍有疏忽，他知道這次接待任務如果出什麼差錯，必然是他這個夾在中間的招商局長成為犧牲品。自然也就更加盡心盡力的做好各項準備工作。

令人意外的是，湯姆對此次考察十分的滿意，在和傅華私下交流的時候，湯姆表示海川的各方面條件都很適合，尤其是讓他感覺不錯的是，接待他們考察的幹部們都很務實，不玩虛架子，這一點他很欣賞。

湯姆說：「傅，你不知道，我對這次到中國來考察中最不滿意的，就是當地官員對我們的熱情接待，他們實在是太熱情了，酒桌上的盤子都一層一層可以疊起來了，喝酒就像喝水一樣，還非把你灌醉不可。這雖然代表了他們的熱情，可是我會擔心啊。」

傅華問說：「你擔心什麼？」

湯姆說：「這是沒有必要的啊，我們是來開公司的，是來賺錢的，並不是要來吃吃喝喝的，你們把投資環境展示給我們看就好了。當地官員這樣做顯然是不負責任的。由這樣不負責任的官員來管理，我們又怎麼放心投資在這裏呢？同時我也擔心他們這麼吃喝的錢從哪裡來？這些官員本身又不賺什麼錢，恐怕他們也只能從我們這些來投資的企業身上盤剝，那我們如果落戶下來，將來豈不是很慘？在這一點上，你們海川做得還真是不錯。」

傅華心中暗自好笑，心說你是不知道我們海川這麼接待你的原因，如果你知道他們這麼做的原因，恐怕你的好印象馬上會蕩然無存的。想不到金達穆廣這次給自己顏色看倒歪打正著，正好符合了湯姆這個老外的想法。

因此這一次的考察接待工作進行的十分順利和圓滿，最終湯姆表示有意願把安德森公司的生產基地放到海川。

傅華讓王尹把情況彙報給穆廣，他想安德森公司已經確定有意向投資了，你們這些領導總得出面送一送人家吧，沒想到王尹又碰了個釘子，穆廣說他有重大活動，無法分身，讓王尹代表市政府送一送就好了。

傅華心中對穆廣和金達這種報復感到很不高興，有心不去管這件事情，就讓王尹出面送安德森公司離開好了，可是他又顧慮到如果安德森公司因為市領導不出面就覺得海川不重視他們，另行尋找投資地點，那自己費盡心力把他們拉過來就成了一場空了。

雖然湯姆欣賞務實的精神，可是不代表他就不介意領導們不出面。同時他也不能就這麼任由穆廣和金達擺佈，不行，當頭撞南牆無路可走的時候，就應該別關蹊徑了，既然你們這樣對我，我也就不再客氣了。

傅華心中有了主意，便看了看還在等他拿主意的王尹，笑笑說：「王局長啊，既然穆副市長走不開，那就算了，我們倆一起送送安德森公司就好了。」

王尹說：「看來也只好這樣了，那我去安排了。」

傅華說：「好，飯菜可以精緻一點，但不要太多，湯姆先生不喜歡鋪張浪費。」

王尹答應了一聲，就離開去安排佈置了。

傅華看王尹離開，撥通了市委書記張琳的電話，跟張琳的秘書說自己想見張琳，彙報這次回來招商的情況。秘書請示了張琳後，讓傅華過去。

傅華到了張琳的辦公室，張琳正在批閱文件，看到傅華來了，放下手頭的文件，說：「小傅啊，你這次很不錯啊，把國際著名的安德森公司都拉了過來。」

傅華笑了笑說：「張書記您也知道安德森公司？」

張琳說：「我當然知道了，安德森公司是國際著名的精密機床生產商，呵呵，小傅啊，你以為我一點經濟都不懂啊？」

傅華趕忙說：「我哪敢啊，只是安德森公司這種專業性很強的公司，通常都是同行才知道，我沒想到張書記您也曉得。」

張琳笑說：「其實我也是在一次工業會議上聽人說起過這家公司。當時是一家企業說起要購買精密機床，就有人說，最好的精密機床生產廠商就是這家安德森公司，不過價格高昂到令人咂舌。小傅啊，這樣優質的企業能被你拉來，實在是太好了，他們的生產基地如果落戶海川，我們市的工業水準等於上了一個臺階啊。你想想，我們海川市如果能跟安德森公司聯繫起來，那些購買安德森公司機床的企業知道機床是在我們海川生產的，肯定會對我們海川另眼相看的。這等於是我們一張優質的名片啊。」

傅華笑了笑說：「張書記，您對經濟的把握真是太全面了，可惜的是我們市裏面像您這樣對經濟全面了解的領導並不多。」

張琳看了看傅華說：「怎麼了小傅，我聽你的話中似乎有什麼不滿啊？」

傅華說：「我能有什麼不滿啊，只是稍感遺憾而已，您知道，我把安德森公司拉來海川考察，就是知道安德森公司是一家在國際上很有知名度的公司，如果落戶海川，將能很大的提高我們海川市的知名度。但遺憾的是，很少有領導像您這樣熟悉安德森公司，所以並沒有引起他們充分的重視，到現在為止，還沒有一位市級的領導出面接待過安德森公司的CEO湯姆先生。」

張琳愣了一下，說：「不會吧？金達同志就算不出面，穆廣同志也應該出面接待一下的。」

傅華說：「都沒有啊，不過這也不能怪領導們，可能我把安德森公司帶來的時機不太好，領導們都很忙，分身乏術，現在安德森公司就要離開海川了，穆廣副市長還是只能安排招商局局長王尹同志送行。」

張琳納悶地說：「怎麼會這樣子啊？現在是什麼情況，你跟我好好說一下。」

傅華就報告了安德森有意在海川落戶的情形，張琳聽了說：「這麼好的公司沒有意向我們也是要去積極爭取的，更何況湯姆先生還表示他們有意向呢。不過小傅，金達同志和穆廣同志也不是不重視，他們這幾天確實很忙，分身乏術倒是真的。要不這樣吧，我今晚的活動並不是很重要，我讓于捷同志代我出席，我來送一下湯姆先生。」

傅華驚喜地說：「真的麼，張書記？」

張琳笑說：「我還會跟你開玩笑嗎？」

傅華說：「那當然不會，您能出面真是太好了，不然的話，我還真是擔心湯姆先生挑毛病，一去就不回來了。」

張琳說：「我也覺得人家來了，我們沒一個主要領導出面接待一下是不禮貌的。你替我通知王尹同志吧，就說今晚的送行晚宴我參加。」

傅華說：「好的。」

張琳又說：「你對湯姆先生比較熟悉，我去有沒有什麼特別需要注意的？」

傅華說：「這個湯姆是一個務實精準德裔美國人，做事喜歡精確，不喜歡我們太過鋪張，也不喜歡繁文縟節。」

張琳點了點頭，說：「我明白了，你告訴王尹同志，雖然我去參加，筵席還按照原來的標準安排。」

「好的。」傅華立即答應。

張琳又交代說：「小傅啊，再有類似這樣的事情，你可以早一點跟我彙報，不要等到最後才說，讓人家這麼受怠慢總是不太好的。我這兒對你來說也不是第一次來，我這人也不是不講道理的人，有什麼事直接過來就好了。」

傅華點了點頭，說：「我明白的張書記，那我去安排了。」

張琳點點頭說：「去吧。」

傅華走出了張琳的辦公室，張琳不禁若有所思起來。

張琳一直以來因為出身黨政系統，從來沒管過經濟，所以經濟方面一直是他的弱項，而現在是經濟掛帥的時代，一個幹部經濟方面不行，是不會太受重視的。這在將來要提升時會成為一個很大的障礙。

因此他內心中一直就很想補強這一方面。可是接連跟他搭班子的市長都屬於強勢的人物，他沒有太多機會去插手經濟方面的事務，而他為了班子和諧，也不想太過跟市長較勁。現在傅華彙報的這件事情，給了張琳一個很好的切入點。

上一次馮氏集團來，穆廣和金達先後都出了面，怎麼一個比馮氏集團還有名氣的安德森公司來，這兩個人反而避而不見了呢？顯然是衝著傅華來的。他隱約猜到這是與馮氏集團最終沒能落戶海川有關。

張琳心中有些為傅華抱不平，其實他也不贊同在美麗的海川搞一個那麼大的化工項目，這種化工污染肯定會傷害到海川的近海養殖業，並不利於海川的長遠發展。

另一方面，張書記和金達搭班子這段時間以來，發現金達越來越專橫，對他這個市委書記也有些不夠尊重，這裏面與省委書記郭奎對金達的支持有關，也與他對金達過於禮讓有關，他也感覺不能再這樣下去了，畢竟他才是海川市的一把手。便想利用這次傅華提供的機會，在海川的經濟舞臺上發出他一個市委書記應有的聲音。

張琳也很高興傅華能主動向他彙報，這是一個投靠的信號，他樂於將傅華收為己用。雖然傅華僅僅是一個駐京辦主任，但是在海川政壇上有著很高的威望和很好的人脈。他出身於曲煒系統，曲煒雖然去東海省任職副秘書長，但他留在海川的人脈並沒有受什麼損害，影響還在，而傅華是這個系統當中核心的人物，收服他，也等於收服了曲煒在海川的人馬。同時，傅華這個人有能力又很正直，在海川政壇上作出的成績有目共睹，這樣一個人能投靠自己，也是會給自己加分很多的。

因此，在傅華表達不滿之後，張琳馬上就決定出面幫傅華解困，此刻他看著傅華高興的離開，心裏暗自欣喜，心說：金達，你連傅華這樣的人才都不珍惜，看來你的政治智慧也是有限的。

第七章

歪打正著

鄭堅說：「小子，我越聽越覺得不對啊。你跟我說實話，這些接待中的做法，真的都是事先就這樣安排的？」

傅華佩服說：「叔叔的眼光果然毒，這些都是情勢所迫，不過幸好湯姆喜歡這個風格，也算歪打正著吧。」

出了門之後，傅華長出了一口氣，看來這個寶算是押對了，果然張琳肯出面給湯姆送行。

上次回海川，張琳向他瞭解馮氏集團項目情況的時候，傅華就敏銳的感覺到，張琳已經不再甘心做一個在經濟上沒有發言權的市委書記啦。因此他在被金達和穆廣逼到牆角的時候，馬上就想到了要找張琳出面。

這並不是傅華願意選擇的辦法，他其實最討厭政壇上這些爾虞我詐、勾心鬥角的鬥爭，但是現實卻逼著他不得不這樣做，他還想做點事情，自然不甘心就此被邊緣化。

經歷過這麼多事情，傅華也感到他對政壇有了更多的認識，他不想再逆來順受，一切聽由領導們擺佈，他要為自己爭取在政壇上生存的空間，他要別人知道他傅華是存在的。

王尹聽傅華轉達說市委書記張琳要來為安德森公司一行人送行，不由得抬頭看了傅華一眼，他覺得對傅華要重新加以認識了。

原本王尹從穆廣和金達對這次接待活動不聞不問，感覺到傅華似乎在金達和穆廣面前失寵了，王尹在心裏還在想等這件事情完了之後，要跟傅華保持距離，避免受牽連呢。但現在情勢似乎不同了，傅華竟然很輕易的就把張書記搬了出來。

在理論上，張琳是比金達和穆廣職務更大的領導，這是更有面子的事情。張琳雖然人很溫和，沒有金達強勢，可是牢牢把握住了海川政壇的人事權，主宰著海川政壇上很多人的政治命運，在海川政壇上的影響力實際上比金達還要高。

王尹一下子對傅華的印象改觀，臉上堆起了笑容，說：「那太好了，我還正擔心湯姆先生會因此有所不滿呢。張書記要來，我們是不是需要把宴會的規格提高呢？」

傅華笑笑說：「這倒不用，張書記只是感覺領導們都不出面，怕對客人有所怠慢，他出面是對客人的一種尊重而已，不想再增加接待同志們的負擔。」

王尹猶豫說：「這不好吧，張書記出面的規格怎麼能跟我們相同呢？」

傅華笑笑說：「可以更精緻一些，但是數量方面不要增加。」

王尹笑笑說：「我明白了，我馬上就去安排。」

王尹離開了，傅華的心情並沒有比較輕鬆，雖然眼前的難題算是解決了，可他知道未來他要面對的局面將會更加艱難了。

晚上，張琳出現在為安德森公司送行的宴會上，在入席前，張琳跟湯姆一行人談了十分鐘，表達了對安德森公司來海川考察的歡迎，還表示他對安德森公司有意向把生產基地放在海川十分高興，說期待早日確定下來，他個人願意成為安德森公司和湯姆先生的朋友，安德森公司和湯姆先生在海川如果有什麼合理需求，可以找他，他一定會盡力協助解決。

湯姆對市委書記對他們公司的重視感到十分高興，他在張琳面前盛讚了這次接待他們一行人的工作人員，說他們工作務實到位，給他留下了很好的印象。他說對張琳願意跟他成為朋友感到十分的榮幸，他也十分願意成為這座美麗城市市委書記的朋友。

簡短的會談之後，張琳就邀請湯姆入席，一眾人等圍著餐桌坐了下來。

王尹按照傅華的要求安排了精緻簡單的筵席，坐定後，張書記表達了一些歡送之意後，就讓客人隨意。沒有鬧酒，宴會進行的就很快，結束時，張書記跟湯姆互留了聯繫方式就分手了。

湯姆對張琳的印象極佳，在第二天傅華送他上飛機的時候，笑著對傅華說：「傅，我明白為什麼你們的工作人員這麼精幹了，你們有一個很務實的領導。我回公司一定盡力說服董事會，將生產基地放在你們海川。」

送走湯姆之後，傅華去見了穆廣，說安德森一行人已經離開海川，他要回北京了，跟穆廣打聲招呼。

穆廣先是說自己確實很忙，沒有時間來接待安德森一行人，有些不好意思，幸好張書記重視這件事情，出面送了安德森公司的人。然後表揚了傅華和接待人員，希望傅華能夠再接再厲，繼續把好的公司帶到海川來。

談到張琳出面送行，傅華可以聽出穆廣話裏話外有些酸溜溜的，似乎對他找了張琳很不屑。傅華對穆廣的兩面手法已經很熟悉了，也就跟著哈拉了幾句，應付了過去。

出了穆廣的辦公室，傅華打電話給張琳，彙報自己已經將湯姆一行人送走，現在要離開海川回北京了。

張琳說：「行啊小傅，你這次的工作做得很好。不過你這次回北京時走齊州吧，曲煒副秘書長前些日子還跟我念叨過你，你去看他一下吧。」

傅華想想，也很長時間沒見過曲煒了，他是自己的老領導，是帶自己入官場的領路人，應該去看望一下。便說：「我知道了，我會從齊州走的。」

傅華就坐火車去齊州。到了齊州後，他打電話給曲煒，曲煒聽到傅華的聲音很是高興，讓傅華馬上就去他的辦公室見他。

傅華到了曲煒的辦公室，曲煒上下打量了一下他，說：「傅華，你瘦了很多啊。是不是因為離婚的關係？」

看來曲煒一直在關心著自己的動向，傅華心裏有些感動，說：「那倒不是，主要是您現在不在市裏，我沒有人在背後支持，工作起來就很累，尤其是心累。」

傅華說的是他真實的感受，曲煒和當時的市委書記孫永對他都很支持，他可以全力在前面衝刺，不用擔心後面有人會捅他一刀。可是曲煒離開海川後，接任的徐正和金達，對他都抱著幾分猜忌的態度，他為了處理各方面的關係耗盡了心力。心累正是他目前的狀態。

曲煒看了看傅華，說：「怎麼會這樣？我聽說你跟金達同志關係不是很好嗎？」

傅華苦笑了一下，他在曲煒面前是不用遮掩的，便實話實說：「那是以前，可能是我的行為不太符合金達市長的要求，現在他對我很不滿意。」

曲煒看看這個昔日愛將這麼辛苦，感到十分心疼，便說：「傅華啊，你如果感到太累，要不我把你調進省裏來吧，跟在我身邊，好不好？」

傅華笑了笑，說：「您對我總是這麼好，不過我已經習慣北京，不想再回東海工作了。」

實際上，傅華是明白曲煒在省裏只是一個副秘書長，並沒有什麼能力來維護他，更何況省裏的情況可能比市裏更複雜，還不如他在北京可以有一塊自己的天地。

曲煒說：「我也不勉強你，其實張琳同志這個人還不錯，他是一個很守原則的人，只是稍欠一點魄力，很多事情是可以依靠的。」

傅華點點頭，他很贊同曲煒對張琳的看法，便說：「是，張書記是個很好的人，幫過我很多忙。」

曲煒說：「那就先暫且這樣子吧，過些日子，我的工作可能有所變動，到時候我們再來作調整吧。」

當年因為王妍跟曲煒之間的曖昧關係，讓曲煒被貶為省裏的副秘書長，原本一個很有能力作為的市長，就這樣在省政府機關裏從事一些為領導安排行程之類的服務工作，不但曲煒憋屈，傅華也替他不值。現在已經過去很長時間，曲煒總算熬過了低潮的日子，又有了出頭的機會，傅華自然很替他高興。

傅華說：「您是說您的工作要變動？」

曲煒笑笑說：「也就是在你面前我才說的，郭奎書記和呂紀省長對我在省裏這段時間的工作很滿意，現在省政府的秘書長即將退休，兩位領導的意思是想推薦我接替這個位置。」

傅華高興的說：「那太好了，您終於可以東山再起了。」

曲煒說：「也沒什麼東山再起了，領導安排的每項工作都應該認真去做的。」

傅華笑了，看來這幾年的副秘書長工作讓曲煒的衝勁被磨平了很多，竟然在自己面前也說起這種官話來了。

傅華笑笑說：「您總算也是得到了新的機會，我很替您高興，實際上您早就應該上到這一層級的。」

曲煒語重心長地說：「傅華啊，人這一生可能遭遇到各種事情，不可能都是一帆風順的，這就是真實的人生，你要去學著接受，只有接受了，你才能更好的去面對。跟你說實話，我從來沒後悔過跟王妍發生過那段感情，從這段感情中，我也得到了我想要的一些東西，如果事情重來一遍的話，我想我還是會接受王妍的，我認為這就是上蒼的安排，非人力可以扭轉的。」

這番話讓傅華若有所悟，曲煒讓他學到了很多，曲煒在王妍這件事上，是栽了人生最大的一個跟頭，可是他並沒有抱怨什麼，而是繼續在副秘書長的位置上努力，從而創造出新的機會。這一點正是自己應該學習的地方，不要因為環境的變遷，就有這樣那樣的抱怨，還不如儘早去適應環境，為自己創造出一番新的天地。

傅華點點頭，說：「我明白您的意思了。」

曲煒拍了拍傅華的肩膀，說：「你的悟性向來很高，工作能力也很強，只要沉下心來認真地思考，我想眼前的困難對你來說算不了什麼的。更何況，還有我和張琳同志在後面支持你。」

是呀，眼前的困難實在算不上什麼困難，就算金達和穆廣給自己設置一些難題，自己不是都遊刃有餘的解決了嗎？雖然自己現在擁有的資源不足以去對抗金達和穆廣，可是也不至於畏懼他們。

傅華心中對自己越發有了信心，因此從曲煒這裏離開回到北京的時候，他是笑著走向來接他的鄭莉的。

鄭莉看到傅華的神情，不禁說道：「誒，你這麼興奮，看來這次事情辦得很順利啊？」

傅華說：「事情倒不是很順利，可是讓我想通了工作上很多東西，這比辦好事情還令人高興。」

鄭莉欣慰地說：「一個人最難過的其實是自己這一關，你能過得了這一關，就等於是上了一個層次，不錯啊。」

傅華說：「你這麼一說還真是啊，認真想起來，我以前擔心這個擔心那個，其實都是自己給自己製造心理負擔。這些擔心真是沒必要的，一切問題總有解決的辦法的。」

鄭莉點了點頭，說：「你知道就好了。」

傅華看著鄭莉說：「我自己這一關是過了，什麼時候我能過你這一關呢？」

鄭莉愣了一下，說：「什麼意思啊？你為什麼要過我這一關？」

傅華笑笑說：「小莉，我很想跟你真正的在一起，只是不知道你什麼時候肯給我通關權杖啊？」

鄭莉面帶羞意地說：「傅華，你這是在向我求婚嗎？」

傅華點點頭，說：「是呀，小莉，你肯嫁給我嗎？」

鄭莉故意搖搖頭，說：「這可不行，這跟我想的可不一樣啊，我怎麼覺得你很敷衍啊？要求婚不是都要有玫瑰、戒指什麼的嗎？這些你有嗎？」

傅華哪裡有這些東西，他只是今天心情很好，想把這個好心情跟鄭莉一起分享而已，哪裏拿得出戒指和玫瑰啊。

想想也是，這樣確實太過敷衍了，傅華笑了笑說：「好吧，我會為你準備一個浪漫的求婚的，只是你到時候可不要拒絕我啊？」

鄭莉笑笑說：「那就很難說了，我現在可不能給你預設立場，要看你的求婚能否真的打動我再說。」

傅華皺了皺眉頭，假裝為難的說：「還這麼困難啊，那我放棄算了好不好啊？」

鄭莉嬌嗔的扭了傅華一下，說：「絕對不可以，婚你一定要求，而且還必須要打動我，知道嗎？」

傅華笑了起來，說：「你也真是的，明明想嫁的不行，偏偏又來為難我，真是怕了你了。」

鄭莉撒嬌著說：「人家想要一個浪漫的求婚嘛，不可以啊？」

傅華用胳膊抱了一下鄭莉，說：「可以，怎麼不可以！放心吧，我一定用心為你搞一個浪漫的求婚。」

鄭莉說：「這還差不多。」

海川。

手拿照相機的張輝在白灘雲龍公司的旅遊度假區附近裝作欣賞風景，邊走邊拍照，不時還會停下來跟正在施工的工人們攀談幾句，問幾句關於這塊旅遊度假區的事情。

張輝慢慢跟工人們有點混熟後，便開始試探性的問工人這個地方要建什麼，工人們一開始還有些戒備，說：「老闆說是要建旅遊度假休閒區。」

張輝笑笑說：「不對啊，我怎麼覺得這有點像高爾夫球場呢？」

工人們就曖昧的笑了笑，不再言語了。

張輝不甘心，繼續追問道：「你別光笑啊，我是會打高爾夫的，知道高爾夫球場長什麼樣子，你這樣子可騙不了我，這就是高爾夫球場。」

就有工人低聲說道：「不要再說了，你自己知道就好了。」

張輝詫異地問道：「怎麼了？還怕人知道？」

工人小心翼翼地說：「我們倒不害怕，可是我們的老闆害怕，前段時間還嚴格交代我們，不准對外面的人說是要建高爾夫球場，我們有一個經理對外面這麼說過，還被嚴厲處罰了呢。」

張輝好奇地說：「為什麼啊，我看這裏建得很漂亮啊，有什麼不能對人說的呀？」

工人低聲說：「聽說這塊地手續方面有問題，據說上面不讓建什麼高爾夫球場，所以才打著旅遊度假區的旗號。」

不遠處，兩名雲龍公司的保安看到了張輝，覺得張輝形跡可疑，就走了過來，喊道：「誒，先生，你是幹什麼的？」

張輝見被保安發現了，就笑了笑說：「我就住在這附近，從外地回來探親，看你們這裏建得很漂亮，就過來看看啦。」

保安警覺地上下打量著張輝，見看不出什麼來，便說：「先生，我們這裏還沒建成，現在不對外開放，請你馬上離開。」

張輝知道今天的暗訪無法進行下去了，就笑了笑說：「好好，我馬上就走。」

張輝轉身離開後，保安過去問工人們都跟張輝說了些什麼，工人們不敢說跟張輝聊過高爾夫球場的事情，只說閒聊了些風景而已，保安見問不出什麼，也就離開了。

張輝離開了保安的視線，就轉向高爾夫球場的另一邊繼續拍照，他這次回來還真是像傅華猜到的那樣，是帶著採訪議題回來的。

張輝是接到了白灘村村長張允跟他反映的情況，才決定回鄉做這一次的暗訪。

張允的老家在離白灘不遠的瓦口村，跟張輝多少沾點親，兩人算是沒出五服的叔侄。

張允向張輝反映說有一家叫做雲龍公司的勾結當地政府，以建旅遊度假區的名義在白灘違規建設高爾夫球場，希望張輝這個在北京的大記者能夠向中央反映一下這個情況。

張輝當然沒有直接向中央反映問題的權力，不過他對張允反映的情況很感興趣。最近幾個月來，陸續有讀者向報社反映，有公司違規建設高爾夫球場，而且有愈演愈烈的趨勢，張輝覺得這是一個很好的採訪題目，便想用白灘這裏作為一個切入點，從而展開對各地違規建高爾夫球場的調查。

海川，市政府。

金達正在辦公室批閱檔案，穆廣走了進來，說：「金市長，您找我？」

金達放下了手中的檔案，看了看穆廣，說：「老穆啊，你知不知道傅華帶回來的安德森公司考察的情況究竟如何？」

穆廣說：「挺好的，安德森公司對我們海川投資環境很滿意，已經有意向把生產基地設到我們海川。」

金達滿意地說：「那就好。這家安德森公司是一家國際著名的公司，如果能把生產基地設置在海川，對我們來說是一件能夠大大提高知名度的好事情。」

穆廣說：「是啊。」

金達又問：「老穆啊，我怎麼聽下面的同志說，安德森公司一行人走的時候，是張書記出面送行的？」

穆廣笑了笑說：「是啊，張書記對這件事情很重視，親自出席了給安德森公司一行人踐行的晚宴。」

金達詫異說：「怎麼會這個樣子呢？這不是應該由我們市政府出面的嗎？怎麼麻煩到張書記了呢？」

穆廣說：「這要歸功於傅華同志，是他向張書記做了專門的彙報，張書記為他改變了行程，親自出席晚宴。」

金達看了穆廣一眼，說：「這件事不是由你專門負責的嗎？他為什麼不向你彙報？」

穆廣故意說：「可能是我的級別沒有張書記高吧？說來也怪我，我最近事情忙了一點，安德森公司來海川的時候，我就沒有出面去機場接他們。可能傅華同志因此覺得市裏面怠慢了他們，最後要送行的時候，就直接找了張書記。其實我原本準備推掉那天的行程安排，專門送送安德森公司的，可是既然張書記都出面了，我出不出面就顯得無足輕重了。」

金達臉色沉了下來，說：「這個傅華也太胡鬧了一點吧，該是哪個部門的職責就是哪個部門的職責，他找張書記算是怎麼一回事啊？」

穆廣假意勸慰說：「金市長，你別生氣，可能是傅華同志覺得他有能力得到張書記的支持吧。說起來他也是為了工作，你就別跟他計較了。」

金達抱怨說：「就算他是為了工作也不能這樣做，事情讓他這麼搞，豈不是把秩序都搞亂了。」

穆廣苦笑了一下，說：「張書記要出面，我們也不好說什麼的。」

金達搖了搖頭，說：「這個傅華啊，我真是沒想到他能玩這一手。」

金達在聽到有人向他彙報張琳出面給安德森公司送行的事，心裏很是彆扭，他覺得這是張琳把手伸到了他的權力範圍內了，顯然張琳這是越權了。

他找穆廣來，是想問為什麼穆廣沒安排好這件事情，讓張書記有機會插手進來。沒想到穆廣的解釋竟然是這一切都是傅華安排的，讓他心裏更彆扭了起來，覺得這是傅華對他的報復。

穆廣見金達對傅華露出了明顯的不滿，覺得可以適當的煽風點火一下，便說：

「傅華同志這些年在北京多少算是做出了一點成績，再加上他遠在北京，我們市政府方面也很難管理，有些自傲是難免的，以前他對我們這些副市長就不很尊重，沒想到現在對您也這樣。」

金達生氣說：「他做出什麼成績來了？融宏集團已經是幾年前的事情了，難道他可以躺在功勞簿上吃一輩子嗎？對這樣的同志不能這樣驕縱下去了。」

穆廣看看金達，說：「現在他在北京，駐京辦儼然是他的地盤，又有張書記支持他，我們能拿他怎麼辦？」

是呀，人事權把握在張琳手裏，就算有理由提出要免去傅華的職務，張琳也不一定會同意，更何況現在還找不到傅華什麼不稱職的地方，自己對傅華不滿的地方都是拿不上台面的，無法作為公開的理由。金達心裏不由得洩氣了，難怪傅華可以那麼囂張的對自己，甚至敢直接質問自己。

金達看了看穆廣，說：「老穆啊，傅華這樣下去是不行的，我們不能繼續放任他，這是不負責任的。」

穆廣沉吟了一會兒，說：「我倒是覺得有一個辦法可以稍稍給傅華同志一個警告。」

金達說：「什麼辦法？」

穆廣獻計說：「傅華同志之所以敢這樣，無非是因為他一方面掌握著駐京辦，另一方面還控制著海川大廈，財政開支自主性很高，如果我們能把海川大廈這一塊給他拿掉，我想他就不能這麼自在了。」

金達說：「你是說免去他海川大廈董事長的職務？」

穆廣笑了笑說：「對啊，國家不是有規定公務人員不能從事商業活動嗎，傅華同志這樣顯然是不符合規定的。」

金達說：「可是他兼任董事長是有特殊性的，他是代表政府代為管理國有資產，嚴格說起來也不能算違規。」

穆廣說：「就算不違規，可是我們也不好讓一個同志兼任這麼多職務，職務太多，是會妨害他能力的發揮的，我們更需要的是傅華同志在駐京辦主任的位置上發揮他的能力，至於海川大廈董事長這個位置，我們可以讓別的同志擔任嘛。」

在穆廣的心中，海川大廈是個油水豐厚的地方，如果拿掉傅華身上這個職務，另派一個能制約傅華的人，傅華肯定就不會好過了。他的想法是，就算不能拿傅華怎麼樣，起碼也要想辦法讓傅華不自在。

金達想了想說：「這個辦法似乎不是這麼簡單，海川大廈並不是我們海川市政府一家投資的，還有順達酒店和北京的通匯集團。雖然我們算是大股東，可是我們持有的股份並不占絕對多數，就算要更換董事長，也需要跟另外兩家公司做溝通。他們不同意，我們一家也不好更換董事長。海川大廈現在經營狀況很好，不要因為這個干擾了他們正常的經營。」

金達對這個建議是有所顧慮的，通匯集團董事長趙凱是傅華的前岳父，雖然傅華離婚了，可是趙凱似乎對傅華擔任這個董事長並沒有什麼異議，到時候趙凱會否同意換掉傅華還真是個問題。同時另外一家股東順達酒店管理公司跟傅華也相處得很好，會不會同意這個建議也成問題。

穆廣笑笑說：「我倒覺得另外兩家不成問題，我考慮過了，通滙集團是傅華的前岳父在掌控，他女兒已經跟傅華離婚了，於情於理他們都肯定不願意把傅華放在酒店董事長的位置上的，另一方面，順達酒店在海川也有酒店，他們有求於我們海川市政府的地方很多，我相信他們肯定不會反對的。所以無論從什麼角度上，我們都可以拿到超過半數的同意票的。」

金達看看穆廣，說：「你有把握嗎？」

穆廣點點頭說：「我絕對有把握，起碼我可以說服順達酒店。」

金達心想給傅華一個教訓也好，便對穆廣說：「老穆啊，這件事情由我們市政府方面提出來總是不太好，這樣吧，你去說服順達酒店，讓他們提出要求更換董事長。」

金達不想承擔報復傅華的罪名，如果順達酒店對傅華有了不滿，提出來要更換董事長，那他就是順應順達酒店的要求，這樣子他再提出來更換傅華這個董事長，在張琳面前也好說話，張琳也說不出什麼反對的意見。

穆廣想了想，也覺得這樣子比較好，他很有信心能夠說服順達酒店的管理方，便說：「行，就由我來負責這件事情吧。」

北京，駐京辦。

傅華接到鄭堅打來的電話，說：「小子，我總還是幫你跟安德森公司搭上線了吧，你不謝謝我就算了，回北京怎麼也不跟我說一聲？要不是湯姆打電話，感謝我幫他找到了一個好的生產基地，我還不知道你們已經結束考察行程了呢。」

傅華笑了笑說：「不好意思啊，我忘記了，怎麼，叔叔找我有事？」

鄭堅說：「也沒什麼事，想找你喝酒，不行嗎？」

傅華笑笑說：「行啊，晚上我帶小莉過去你那裏。」

晚上，傅華跟鄭莉一起去鄭堅家，周娟已經做了一桌子的菜。

坐定後，鄭堅說：「小子，今天還和上次一樣，沒意見吧？」

傅華笑著說：「沒意見，這樣子公平合理，很好啊。」

鄭堅就又拿出了一瓶二鍋頭，兩人各分一半，開始喝酒。鄭莉和周娟哄著小燁也一起吃了起來。

鄭堅說：「小子，這次湯姆對你們海川的印象好到了一個不行，直誇你們那些地方官員務實精幹，令他對官員們的印象大為改觀。」

傅華笑說：「叔叔你看看我就知道了，我們海川的幹部確實是很務實精幹的。」

鄭堅開玩笑說：「小子，說你胖你還喘起來了，我聽湯姆把整個過程講了一遍，越聽越覺得不對味啊。你跟我說實話，這些接待中的做法，真的都是你們事先就這樣安排的？」

傅華佩服說：「叔叔的眼光果然毒，其實原本不是這樣的，這些都是情勢所迫，不過幸好湯姆喜歡這個風格，也算歪打正著吧。」

傅華就講了整個招待的過程，說自己這次回海川實際上是被冷落的，他最後被迫只好請出張琳來，才把整個局面給圓了起來。

鄭堅笑笑說：「我說嘛，湯姆說的地方官員跟我知道的情形怎麼會這麼不同啊，原來根本就是人家在冷落你啊。小子，你們領導的度量也太小了。」

傅華苦笑了一下，說：「沒辦法，誰叫人家是領導呢。如果他們知道湯姆是因為被冷落才選中海川的，估計會把肚子氣爆了。」

鄭堅說：「其實這是國內的人都不很瞭解這些美國人，你別看美國人一個個生意做得很大，實際上美國人是很簡單淳樸的，跟他們做生意其實是很好做的。不過，你千萬不能欺騙他們，你騙過他們一次，他就不會再相信你了。小子，這一次你算撞到了運氣，不過，最後把市委書記張琳請出來這一招並不好，算是敗筆。」

傅華原本覺得這是他的一個妙招，解了他當時的困境，現在聽鄭堅這麼說，不解地說：「叔叔，你為什麼這麼說？」

鄭堅分析說：「其實湯姆決定選擇你們海川，是出於各方面的綜合考慮，是利益把他留了下來，並不是你們市委書記出面的關係，你請張琳出面實在是有點多此一舉。反過來講，你這樣做，恐怕讓你們市長對你的意見更大了，今後你要面對的形勢恐怕會更複雜了。」

傅華不以為意地說：「無所謂啦，反正他們對我的意見也是一大堆了，兵來將擋，水來土掩，有些事情該來總會來的，躲也躲不開的。」

鄭堅教訓傅華說：「小子，能把市委書記請出來就覺得了不起了？你別太高興了，張琳可能只是利用你而已，你真要出什麼問題，他不一定能夠幫你什麼。再說，並不是被人打你一拳，你就一定要還他一腳的，當時你是痛快了，可是後患也種下來了。」

傅華說：「那怎麼辦，任由他們擺佈？」

鄭堅說：「我倒不是說任由他們擺佈，可是也不是做一些無謂的報復。他們總是你的頂頭上司，直的打不到你，歪的也會打到你的。能忍下來的時候，還是忍下來好一點，也省得他們再來折騰你。」

傅華笑笑說：「說實話，這口氣我咽不下來，還是那句話，無所謂了，見招拆招吧。」

鄭堅看了看傅華，說：「小子，我發現你這次回海川，有自信了很多啊?!自信是好事，不過我也勸你一句，還是要有點防人之心的。」

傅華說：「其實我認真地想過了，工作方面他們是挑不出我什麼毛病的，所以他們就算是想動我，也是無從下手的。」

鄭堅對鄭莉說：「小莉啊，你看看這個小子，現在可是有點狂了，好像誰都動不了他似的。」

鄭莉聽了，忍不住勸說：「傅華，爸爸說的很有道理，你還是小心一些才對。」

海川，海平區政府。

張輝覺得暗訪工作已經做得差不多了，可以做一些正式的採訪，就來到海平區政府，表明自己記者的身分，要求對雲龍公司在海平區白灘村所建的旅遊度假區項目進行採訪。

區長陳鵬聽了下面幹部的彙報，心裏開始打鼓起來，他知道雲龍公司所建的究竟是什麼，也知道國家的相關政策，雲龍公司的行為顯然是見不得光的，如果被記者公開報導了出去，他這個區長也要跟著倒楣的。

可是又不能把記者就這麼趕走，那樣的話，記者肯定說他們海平區政府拒絕媒體的監督，這樣子對自己也是不利的。陳鵬想來想去，還是覺得接待一下記者比較好。

他知道這個張輝，英華時報算是一家全國性的報紙，影響力很大，張輝作為這家報紙的知名記者，又是從海平區出去的，陳鵬自然多少會留意到他。一定要想辦法安撫住這傢伙！

陳鵬讓人把張輝領到自己的辦公室來，自己整理了一下心情，做好了應對的準備。

張輝被帶了進來，陳鵬快步迎了上去，跟張輝熱情的握了握手，笑著招呼說：「張記者，我可是久聞大名啊，今天才得見廬山真面目。」

張輝說：「看來陳區長知道我了？」

陳鵬笑笑說：「那是當然了，您是我們海平區的名人，我早就聽說過海平區出了一個名記者，可惜的是一直緣慳一面啊。您也是的，每次回來都悄無聲息，也不讓我們這些基層工作的人得見您的風采。」

張輝說：「我那是職業習慣，現在各地都流行防火防盜防記者，我怕我不受歡迎啊。」

陳鵬趕忙說：「怎麼會呢，我們海平區實際上很期待您這些地方上出去的人才能回來給我們多提供一些指導意見的，同時我們更歡迎媒體對我們的監督。」

張輝看看陳鵬，笑了笑說：「沒想到家鄉的領導這麼開明啊。」

說話間，陳鵬把張輝讓到沙發那裏坐了下來，說：「不要這麼說，公開透明這也是現在的執政大方向。張記者，您來找我們海平區政府，是有什麼事情嗎？」

第八章

公開真相

張輝當然明白陳鵬的意圖，不過他做記者這麼多年，什麼樣的情形都見過，
深知越是冠冕堂皇的，後面可能隱藏的就越是齷齪，
而記者的責任就是把這些背後的齷齪給揭露出來，讓真相公諸於眾。

張輝說：「是呀，正好有一個項目的事情要向陳區長您請教，就是那個海平區白灘村的旅遊度假區項目。」

陳鵬說：「您是說雲龍公司建的旅遊度假區項目啊，這可是我們區招商引資來的一個優質項目。這個項目我很熟悉，是雲龍公司看中了我們區的優質旅遊資源，投資興建的一個旅遊項目，他們想利用海平區美麗的自然環境，建設一個包含運動、休閒、娛樂的度假去處。這個項目正符合我們海平區大力發展旅遊業的產業政策，所以我們十分重視。其實這個項目不但符合我們區的產業發展政策，也符合東海省整體的產業發展政策，所以這個項目剛剛得以入圍東海省重點招商項目，也是東海省重點保護的招商投資項目之一。」

陳鵬一來就抬出了東海省重點招商項目的名頭，以此來證明雲龍公司建這個項目的正當性，希望能讓張輝放棄，不要再插手調查這個項目了。

張輝當然明白陳鵬的意圖，不過他做記者這麼多年，什麼樣的情形都見過，深知越是冠冕堂皇的，後面可能隱藏的就越是齷齪，而記者的責任就是把這些背後的齷齪給揭露出來，讓真相公諸於眾。

張輝說：「看來陳區長對這個項目很熟悉啊？」

陳鵬笑笑說：「我這個做區長的對區內這麼重要的項目不熟悉可就不對了。」

張輝又說：「那陳區長能夠告訴我，這個旅遊度假區具體都包括什麼旅遊項目嗎？」

陳鵬說：「其實也沒什麼，就是建了一些運動設施，讓遊客可以使用，再是賓館，讓遊客有住宿的地方。」

張輝繼續追問說：「那這些的運動設施都包括些什麼啊？」

陳鵬說：「張大記者啊，您這可考住我了，他們申請的就是建運動設施，具體是什麼我就不太清楚了。您要知道，我這個區長每天的工作是很繁重的，不可能對區內所有項目的細節都清清楚楚。」

張輝點點頭說：「對對，這倒是真的。不過我想請問一下陳區長，您說的運動設施中有沒有可能包括高爾夫球場？雲龍公司有沒有可能建的這個旅遊度假區，實際上就是一個高爾夫球場？」

陳鵬越發打鼓，不過表面上卻很鎮靜，說：「這怎麼可能，張記者您肯定知道，國家三令五申是禁止建高爾夫球場的，我想雲龍公司不會明知故犯的。」

張輝笑了笑說：「陳區長這是在肯定雲龍公司絕不會建高爾夫球場的，對嗎？」

陳鵬已經被逼到了牆角，沒有了否定的餘地，便笑了笑說：「那是當然啦，他們如果建了高爾夫球場，我們是一定會查處的。」

「那陳區長您看看這是在建什麼？」說著，張輝將這些天拍到的照片擺在陳鵬面前，高爾夫球場的發球台、果嶺、沙坑、水塘，雖然這些都還在建設當中，可是一個高爾夫球場的雛形基本上已經出來了，知道一點高爾夫球知識的人都應該知道這是在建什麼。

陳鵬的笑容僵在了臉上，他沒想到張輝來找自己之前，已經做了充分的準備，他不由得在心中暗罵錢總，心說你們雲龍公司是怎麼回事啊，怎麼會讓一個記者把你們建的東西都拍了下來?!之前還特別告訴過你們要儘量低調，建成之前千萬要儘量保密；保密還這個樣子，不保密還不早就讓人公諸天下了？

陳鵬強笑了一下，他還得要裝糊塗，不能給張輝一個明知這一切的印象，起碼在表面上不能。他說：「張記者，您這是什麼意思？這些照片是在哪兒拍的？」

張輝說：「這是我這些天在白灘村拍下來的，雲龍公司正在建設的工程，可都是一個高爾夫球場必備的設施，陳區長您能告訴我究竟是怎麼回事嗎？」

陳鵬仍然否認說：「不可能吧，這真的是雲龍公司在建的工程？」

張輝點點頭說：「當然了，這都是我親自拍攝下來的，我敢保證它的真實性。」

陳鵬搖了搖頭說：「這是怎麼回事啊，他們不應該建高爾夫球場啊？」

張輝笑笑說：「可是他們就是建了啊！難道陳區長和海平區政府不知道這件事情嗎？」

陳鵬裝傻說：「我們當然不知道囉，張記者，您要知道我們要管理的事情很多，不可能每個細節都很清楚。」

張輝點點頭，說：「我明白，剛才陳區長已經說過了。好，之前你們可以說不知道，現在我把照片都擺在您面前了，您總不能說不知道了吧？可不可以請問一下，您下一步打算怎麼辦？」

陳鵬趕忙說：「事情總是要處理的，如果雲龍公司確實違規，我們海平區政府自然是不能寬貸，一定會嚴厲查處他們的。」

張輝笑笑說：「我想我已經把事實擺在了您的面前，您還不能確定怎麼處理嗎？」

陳鵬說：「張大記者，您別心急，我們政府處理事務是有一定程序的。再說，這些照片都是您個人提供的，真實性如何尚難判定，我們就是要處理，也必須針對這些召開必要的調查，您說是吧？」

陳鵬這是在想辦法拖延，他一時間還想不到該如何應對張輝，只好把事情先拖延下來再說。他說的也是在情理當中，想來張輝就是知道他在拖延，也說不出什麼話的。

張輝笑了笑，說：「那陳區長您能告訴我，你們什麼時候能夠展開調查呢？」

陳鵬心中暗罵張輝得理不饒人，步步緊逼，嘴上卻笑著說：「您既然反映了這個情況，我們當然馬上就會展開調查啦。」

張輝仍不死心說：「那不知道你們什麼時候能得出調查結論呢？」

陳鵬說：「這就要看調查時間的長短了，不過我估計不會很長。怎麼，張大記者，您準備在海川等著我們的調查結論？」

張輝笑笑說：「我這次可能要陪家裏人多一點時間，所以暫時還不會很快就離開。」

陳鵬心說：你說的好聽，你肯定就是為了雲龍公司這件事情回來的，你不肯馬上回北京，就是為了等著看我們怎麼處理這件事情。

他笑了笑說：「張記者是想等我們的結論啊，這您放心，只要結論一出來，我們馬上就會通知您的。」

陳鵬倒也希望張輝能在海川多留些日子，這樣他可以有足夠的時間來擺平這件事情。

張輝便說：「那我就等著陳區長啦。」

「行啊。」陳鵬又裝作不經意地說：「張記者說要回來陪家人，您在海川還有什麼親人啊？」

張輝說：「就是父母親和一個弟弟。」

陳鵬哦了一聲，說：「您常回來看他們嗎？」

張輝說：「說起來我也是個不孝子，您知道記者這個工作，忙起來的時候是沒有什麼節假日的，我很難找出時間能回來看看。」

陳鵬說：「這麼說，您這次回來是專門衝著雲龍公司這個項目回來的？」

張輝聽了，笑說：「陳區長這是在試探我啊，好吧，我老實跟你承認，確實這是主要的因素，順便我也可假公濟私一下，陪陪父母。」

「張記者您真是敬業。誒，您遠在北京，又是怎麼知道雲龍公司的項目有問題呢？您看我們這些在當地的人都還不知道，真是奇怪。」陳鵬故作不解地說。

張輝搖搖頭，說：「這個我可不能告訴陳區長，我有我的消息管道。」

陳鵬一副理解的表情說：「這我知道，這就是那種報章雜誌上常說的爆料者，不能公開的。」

張輝笑笑說：「陳區長能理解就好。」

陳鵬說：「我能理解，不過，也希望張大記者理解我們這些基層的幹部，我們經手的事情太多，有些時候難免會有疏漏。」

張輝點點頭說：「我也走過不少地方，接觸過很多基層幹部，你們確實有你們的難處。」

陳鵬附和說：「對啊，你看，上面交代的任務要完成，還要顧到下面的民意，只要有一點做得不好，就兩面不是人，有時候想想，這基層幹部還真不是人幹的。張大記者不愧是北京的名記者，懂得我們的辛酸。」

張輝客氣說：「我不是什麼大記者，陳區長您不要這麼說。」

陳鵬繼續跟張輝套交情，說：「您太謙虛了，我早就聽過您的大名。今天見到您本人，沒想到您是這麼一個實在的人啊，這番話談下來，我覺得跟您很投緣，很想跟您做個朋友，只是不知道有沒有這個榮幸啊？」

張輝知道陳鵬這是要在跟他攀交情了，便說：「陳區長真是客氣了，我們現在不就是像朋友一樣在聊天嗎？」

陳鵬笑著說：「是啊，我們就是朋友嘛。既然我們已經是朋友了，我就不嫌冒昧的問一句，您家裏人還不錯吧？有沒有什麼需要我們政府解決的困難啊？張記者，我首先聲明啊，我這是純粹從朋友角度出發問的，並沒有其他什麼意思。您是從我們海平出去的名人，我們應該幫您照顧好家人，讓您沒有後顧之憂的做好工作。」

陳鵬話雖然說得婉轉，可是仍然可以明顯聽出來收買的味道，陳鵬是想試探一下張輝真正的來意。張輝遠在北京工作，按說雲龍公司的項目與他是沒什麼關係的，他能從北京大老遠的回來找雲龍公司的麻煩，一定是有緣故的。

按照陳鵬的想法，是不是張輝的家人在這裏受了什麼委屈，張輝才故意來找麻煩，替他的家人出氣。如果真是這樣，事情就好解決啦，陳鵬是真心願意跟張輝達成某種交易，來換取張輝不再報導雲龍公司這個項目。

張輝聽出了陳鵬的意圖，笑笑說：「我先謝謝陳區長了，不過我家人都很好，不需要麻煩陳區長。好啦，我打攪您的時間也不短了，我要告辭了。」

張輝知道再坐下去，陳鵬一定還會有別的手段企圖，因此趕忙站起來要離開。

陳鵬趕忙挽留說：「不要急著走嘛，都要中午啦，留下來吃頓便飯吧。」

張輝婉拒道：「不了，我已經跟家人說了，中午要回去吃飯。」

陳鵬笑笑說：「您這就不實在了吧，都已經是朋友了，一起吃頓飯怕什麼？」

張輝搖了搖頭，堅決地說：「真的不必要了，我走了。」說完就往外走。

陳鵬見留不住他，就送了出來，在門口跟張輝握著手，說：

「張記者，我也是海平人，對海平有著很深的感情，感謝您這次提醒了我們，希望您多對海平的建設提出指導意見。同時，希望您能多來我們政府這兒走走，我這裏可沒什麼見不得人的，隨時歡迎媒體的監督。另外，既然都是朋友嘛，有什麼需要或者我能做的，儘管說一聲，我一定會盡力協助的。」

張輝點點頭，說：「心領了，再見了。」

陳鵬目送著張輝離開，他清楚雖然他把話說得很明白了，可是張輝卻沒有一點接受的意思，麻煩並沒有得到解決。

陳鵬轉身回到了辦公室，抓起電話打給錢總。張輝這個麻煩是雲龍公司惹出來的，自然應該由錢總自己出面解決掉。而且錢總出面，有些話也可以說的直白一點，不像他，作為一個區長，很多話並不方便放到桌面上講。

錢總接了電話，笑嘻嘻地說：「陳區長，有什麼指示啊？你可是好久沒來雲龍山莊玩了，那個小白一直在念叨你呢。」

小白是雲龍山莊的一名陪侍女郎，陳鵬去山莊一般都是會點她陪伴自己。錢總說小白念叨他，也是一種親暱的表示。

陳鵬此時卻絲毫沒有風花雪月的想法，他正在頭疼如何擺平張輝呢，便沒好氣的說：「錢總啊，你不要總是只知道玩，人家都已經查到你頭上來了還玩。」

錢總並沒有拿陳鵬的話當回事，不以為意地說：「查什麼查，誰閒著沒事來查啊，跟你說陳區長，白灘村那邊我已經擺佈的熨熨貼貼了，你不用再擔心了。」

陳鵬著急說：「哎呀，錢總啊，你叫我說你什麼好啊，你怎麼就一點警惕性都沒有啊，剛才一個北京來的記者拿著你們球場的照片，當面質問我你們是在蓋什麼？你還被蒙在鼓裏不知道東西南北呢！」

錢總這才嚴肅起來，說：「陳區長，你是說有記者為了我們公司找到了你？」

「對啊，他說要採訪我，問我知不知道你們在建什麼高爾夫球場。你們是怎麼回事啊，不是說讓你們儘量低調嗎？怎麼鬧得連北京的記者都知道了？還有，有記者去拍照你們也不管管，你們的保安是幹什麼吃的啊？」陳鵬埋怨道。

錢總被說得有些不好意思，便說：「哎呀，這也不能怪我們啊，他是有心算計無心，我們根本就不認識他，根本就無從防備啊。好了，陳區長，現在照片他已經拍到了，你再責怪我也沒用，我們還是想想如何擺平他吧。」

陳鵬說：「這個記者有點難對付，我已經向他暗示說可以給他某種好處，以換取他不要報導這件事情，可是他並不為所動。」

錢總說：「那可能是他覺得開的價碼還不夠高，這樣吧，你把他的情況跟我說一下，我來處理。」

陳鵬說：「我也是這樣想，你最好趕緊出面把事情給擺平了，這樣大家都少了麻煩。」

陳鵬就告訴錢總張輝的基本資料，包括張輝父母是哪個村的人，做什麼的；他想錢總如果找到了張輝的父母，肯定也就找到張輝本人啦。

錢總聽完說：「行了，交給我，我一定會擺平他的。」

錢總馬上就找到張輝父母的村子，到了張輝父母家。他跟陳鵬的想法一致，張輝既然回來，肯定會住在父母家的，結果出乎他的意料之外，張輝竟然沒在父母家，早上張輝跟他的父母說要出去拜訪朋友，這幾天都不會回來。

錢總又撥打了張輝的手機，手機竟然關機了，他明白張輝肯定是怕一旦露面，各方面都會找上門來，他為了避免麻煩，乾脆躲起來了。

這傢伙還真是狡猾啊，找不到人，所有的行動都無法進行，而且還不知道這傢伙躲起來究竟在幹什麼呢，這可怎麼辦啊？

錢總有些犯難了。但又不能不管，這個休閒度假區可是投資幾億的項目，如果因為被曝光而被叫停，那他的損失不可估量，這可是他無法承受的狀況。

錢總沒了主意，便打電話給穆廣，跟穆廣說明了狀況，問穆廣要怎麼辦？穆廣也不敢放任事態發展下去，就私下叫人在海川各大賓館旅社查找登記名字叫張輝的住客。

張輝是一個大眾化的名字，一查下來，竟然有幾十個人都叫這個名字，又得一一落實。不過查到最後，竟沒有一個跟記者張輝的情形相符的。

折騰半天卻是一場空，穆廣和錢總就明白張輝經驗老道，知道可能會有人找他，事先就想好了避開的招數了。

穆廣到這番天地，也沒有別的招數了，就讓錢總派人去張輝父母家裏死守。他就不相信張輝會不再露面見他的父母；同時，穆廣也在北京找人跟英華時報的領導溝通，力求讓張輝的報導不能見報。

順達酒店的董事長章旻到北京來了。

順達酒店的重心一向是在南方的一些省市，北京的順達酒店被章鳳管理得很好，章旻很放心，已經很少來北京，只是年節時候會跟傅華、趙凱通通電話，互相問候一下而已。這次章旻來北京，傅華和趙凱都很高興，兩人就相約一起去看望章旻。

章旻就住在海川大廈，趙凱和傅華到了他的房間。章旻看上去還是那麼年輕，歲月不但沒在他身上留下痕跡，反而越發細皮嫩肉起來。

趙凱笑說：「老弟啊，你總算肯來北京看我了。」

章旻打趣說：「趙董，我說讓你去南方玩一玩，你不肯去，卻在這裏埋怨我不常上來看你，這可有點不公平啊。」

趙凱說：「你們南方濕氣太大，我受不了。」

章旻笑說：「你們北方氣候乾燥，北京這裏風沙又大，我更受不了。」

兩人都大笑了起來，章旻又跟傅華打了招呼，「傅主任風采依舊啊。」

傅華笑說：「我倒覺得章董是越來越年輕了，已經不能用風采依舊形容了。」

三人說笑了一陣。

趙凱看看章旻，說：「老弟，這次到北京來，是準備又要操作什麼大的項目啊？」

章旻笑說：「我如果說就是來看看兩位，不行嗎？」

傅華說：「您別逗了，你章董現在可是日進斗金，如果能抽出時間來單純只是看看我們，那我們真是不知道燒了什麼高香了。」

章旻笑笑說：「看來瞞不過你們。其實呢，我這次主要是衝著傅主任來的。」

傅華愣了一下，說：「衝著我來的？為什麼啊？我沒做什麼事情惹到您吧？」

章旻笑說：「你不惹到我，我又怎麼會衝著你來了呢？」

傅華越發摸不著頭腦了，他看看趙凱，想從趙凱那裏知道章旻為什麼這麼說，趙凱也是一頭霧水，便對章旻說：「老弟啊，發生什麼事情了？」

章旻看了看傅華，說：「傅主任原來還不知道啊？」

傅華丈二和尚摸不著頭腦，說：「您沒頭沒腦的說了一通，讓我知道什麼啊？」

章旻這才說：「你到現在還不知道你們市政府有意換掉你這個海川大廈的董事長嗎？」

傅華呆住了，他看了看章旻，說：「誰跟您說的他們要換掉我？」

趙凱比較穩重，他說：「老弟，市政府有人找你談過這件事情了？」

章旻說：「倒不是當我面說的，他們是找我們海川順達酒店的楊總說的。」

傅華問：「他們怎麼講的？」

「說的很含糊，只說他們市政府覺得傅主任並沒有很盡責的管理好海川大廈，問楊總能不能跟我們順達酒店總部溝通一下，提出更換傅主任這個董事長；又暗示楊總，如果我們願意提出更換傅主任的話，他們海川市政府願意給我們海川的順達酒店提供很多的方便；假如不肯的話，很多事情就不好說了。」章旻說。

這是威脅和利誘雙管齊下了，傅華沒想到穆廣和金達如此容不下他，竟然使出這麼卑鄙的手段來對付他。

趙凱問：「是誰跟楊總這麼講的？」

章旻說：「是海川市常務副市長穆廣講的，他是去酒店吃飯，飯後到楊總的辦公室閒聊，說起這件事情的。我認為穆廣可能不是這件事情的主導者，他是被人授意這麼做的。傅主任，你做了什麼事情讓你們市政府這麼不滿意，不惜要背後動手搞掉你這個董事長啊？」

趙凱也說：「對啊，傅華，沒有緣故他們是不會這麼做的，究竟是怎麼回事啊？」

傅華明白這是金達和穆廣的報復手段，心想這兩個人還真是睚眥必報啊，他不好跟章旻和趙凱講明是什麼原因，便苦笑了一下，說：

「我有些事情可能做得讓市長們不滿意了，我還沒想到他們竟會在背後動這種手。章董，現在他們找到你了，你心裏是怎麼打算呢？」

傅華知道現在主動權操之在章旻，順達酒店和海川市政府加起來持有海川大廈超過大半的股份，章旻如果要附和海川市政府的意思，那他這個海川大廈的董事長也只有老老實實的讓位了。

章旻笑說：「傅主任，我到北京來就是想看看你的態度的，你怎麼倒先問起我來了呢？」

傅華說：「我當然要先問您了，現在您的決定可以決定我的去留的。」

章旻搖了搖頭，說：「你這話說得不對，我們當初建海川大廈的時候就是人的合作，而不是資本的合作，我和趙董之所以肯出資，都是衝著你這個人，我們相信你的品格，事實也證明你對得起我們的信任。所以這場合作要不要繼續下去，是要看你的態度的。如果你仍然想做這個董事長，那我們的合作繼續；如果你不想做這個董事長了，我們順達酒店願意把海川市政府持有的股份買下來，我可不相信他們會派出什麼好人來管理這個酒店。」

這些年的合作中，傅華基本上是採取拱手而治的態度，他雖然也參與酒店的決策，可大多時候他對順達酒店、對海川大廈是採取不干預的政策的，他相信順達酒店管理公司的專業性。也因此酒店雖然是三方合資，相互之間卻並無任何嫌隙，合作得算是和諧。章旻可不想讓海川市政府派出一個新的管理者來打破這個和諧的局面，他寧願把海川市政府趕出酒店。

趙凱在一旁說：「是啊，傅華，如果你不做這個董事長了，我們就沒有跟海川市政府合作的必要了。」

傅華說：「現在還有一個問題，章董如果不答應穆廣，會不會受到他們的報復啊？」

傅華是知道穆廣的心機的，他也明白就算這次要更換自己董事長位置的事可能是出於金達的授意，但主意肯定是穆廣出的。

章旻笑說：「這個你倒不必顧慮，我自有解決之道。你就告訴我你是否還想做這個董事長吧。」

傅華忽然想起章旻跟省長呂紀是有聯繫的，當初徐正也曾因為自己想辦法要擺佈順達酒店，結果呂紀一個電話打去，徐正就乖乖的縮回了手。

當時呂紀還只是副省長，現在呂紀做了省長，權力更大了，他能幫順達酒店的地方更多了。金達和穆廣想要擺佈順達酒店的念頭恐怕是打錯了主意。

這也算金達和穆廣倒楣，呂紀行事風格低調，一般很少出面幫企業說事，順達酒店跟呂紀的關係也只有徐正知道，因此海川基本上沒有人知道順達酒店的背景。

傅華想了想說：「我自然是還想做這個董事長了。」

章旻說：「那就簡單了，你繼續做你的董事長，我們三方的合作繼續。」

傅華擔心說：「恐怕沒這麼簡單，章董如果拒絕了海川市政府，海川市政府肯定不會善罷甘休的。」

章旻老神在在說：「我不怕他們，他們如果敢做什麼，我會讓他們吃不了兜著走。」

傅華說：「章董，我們不能這麼被動，等著他們做什麼吧？」

章旻愣了一下，在他的印象中，傅華一向是個謙謙君子，做事甚至有些太講原則，遇到很多事情常常都採取退讓的姿態，可剛才傅華這句話完全是進攻的姿態。

章旻問：「那你的意思想要怎麼樣？」

傅華說：「要是他們真採取什麼報復的措施，順達酒店肯定會受到一些干擾的，而且說不定又要琢磨什麼鬼點子對付我。我們如果老是在被動應戰的位置上，以後的日子肯定不會好過。所以我想，與其等他們進攻，還不如先發動，封死他們算計我們的可能。」

這下子連趙凱都驚訝了，他看了看傅華，說：「傅華，這可不是你一向做事的風格啊。」

在趙凱的印象中，傅華對上級最大的反抗也就是辭職走人而已，就算是辭職，也是被動的反抗，從來沒有像現在這個樣子主動要還擊過。

傅華苦笑了一下，對趙凱說：「爸爸，我現在才明白，你老是去忍讓一些事情，就會讓人家以為你是好欺負的，我不能再那樣子下去了。」

章旻點點頭，說：「適當的還擊是應該的，我贊成你的觀點，說吧，你想讓我怎麼做？」

傅華說：「不知道您有沒有計畫去看一下呂紀省長？如果你去看呂省長的話，我希望你能把穆廣跟你們楊總說的話如實反映一下。」

章旻笑了，說：「你希望我通過呂省長給你出口氣啊？要不這樣吧，我帶你去見見呂省長，如果讓他們知道呂省長跟你有關係，他們以後就不敢對你怎麼樣了。」

傅華說：「這倒不需要了，您就把情況跟呂省長反映一下，讓呂省長維護一下你們順達酒店的經營環境就好了。」

章旻點了點頭，說：「正好我這次來北京也想順便看些朋友，那我就去東海走一遭吧。」

趙凱笑說：「這下子海川市政府算是踢到鐵板了。」

傅華暗自在心中冷笑，心說：金達和穆廣你們不要自以為得計，我會讓你們知道我傅華也是有能力還擊的。

趙凱和傅華陪章旻吃了飯，就和章旻分手了。趙凱離開時，把傅華叫到了面前，有些擔心地看著傅華，說：「傅華，你沒事吧？」

傅華說：「我挺好的。」

趙凱不放心說：「我有點擔心你啊，剛才在章旻面前我不好說，你讓章旻幫你報復你們市長，這種做法合適嗎？這可跟你以往做事的方式有很大的不同。」

傅華笑笑說：「爸爸，您不用擔心，我知道自己在做什麼。」

趙凱看看傅華，說：「我知道你對自己的領導在背後算計你肯定很氣憤，可是你也不能被氣憤沖昏了頭腦，去跟對方硬碰，明白嗎？」

傅華點了點頭，說：「我明白，我不會做一些無謂的事情的。」

趙凱又說：「最近發生這麼多事情，我知道你承受的壓力很大，我們一直也沒機會好好談談，不過有一點你要知道，我一直是支持你的，有時間我們再一起好好聊聊吧。」

傅華點點頭，說：「好的，爸爸。」

趙凱就離開了。

傅華回到辦公室拿了手提包，下午他還要去頂峰證券找談紅談海川重機重組的事情。

在談紅的辦公室，談紅給傅華倒了一杯茶，說：「傅華，你不要老是來催我，海川重機的事情我也持續在關注著呢，不過現在的形勢跟以前大大不同了，我們頂峰證券去證監會辦事也沒有以前順遂，這個情況你應該是知道的。」

形勢確實大大不同了，潘濤離世，賈昊被調職，頂峰證券的能力被大大削弱，證監會的有關人士在辦理頂峰證券的事時就謹慎許多，因此海川重機重組的審批就顯得特別的慢。

傅華看到一段時間不見，談紅比以往憔悴了很多，身上也不見以往那種女強人的強勢，便知道談紅這段日子也不好過，便說：「我知道形勢已經大大不同了，我也就是過來看看有沒什麼進展。」

談紅大吐苦水說：「我無法告訴你什麼，只能說一切還在進行中。唉，潘總這麼猝然離去，我們的公司損失很大，很多關係都接不上去了，辦起事來難啊。」

傅華安慰說：「談經理，你也不要著急，事情已經這樣子了，我們努力繼續辦下去就是了。」

談紅說：「不用說這些好聽的了，只要你不催我就好了。」

傅華笑笑說：「好啦，我以後儘量不來催你就是了，累壞了我們的談經理，我可賠不起。」

談紅聽了，笑說：「這還差不多。誒，傅華，晚上一起吃飯吧，最近事情不順利，也沒人請我吃什麼好吃的，趁你來了，我也犒勞一下自己。」

傅華知道談紅是個喜好美食的人，這段時間頂峰證券出問題，狀況大不如前，肯定流失了很多優質的客戶，談紅沒機會吃到好的也很正常。作為朋友，傅華對談紅目前的狀況也很同情的，便說：「行啊，想吃什麼，我請你好了。」

談紅看了看傅華，說：「你怎麼突然大方了起來？」

傅華說：「一頓飯而已嘛，我請得起的。」

談紅搖了搖頭，說：「我知道你在想什麼，傅華，你是一個好人。」

傅華打趣說：「請你吃飯就是好人了，這好人也太廉價了吧？」

談紅苦笑說：「別裝了，你這是在可憐我目前的狀況，對吧？想不到我談紅也有被人可憐的時候。」

傅華曉得談紅是個很要強的人，被人可憐讓她多少有些難堪，便笑笑說：「你不要把它說成是可憐你，我們是朋友吧？朋友有了不順心的時候，我在旁邊寬慰她一下，不是不可以吧？」

談紅看了看傅華，說：「傅華，你真的肯拿我當朋友？」

傅華笑說：「當然了。好啦，說說你想吃什麼吧。」

談紅高興地說：「那我們去吃日本料理吧。」

傅華想這餐飯反正也是為了寬慰談紅而請的，因此也想儘量讓談紅滿意，便說：「行啊，只要你想吃就好。這樣，我先回去，下了班來接你。」

晚上，傅華接了談紅，兩人來到了北京西海。

傍晚時分，北京西海的景致讓人十分迷醉，可以看到不少野鴨在湖中嬉戲，岸邊還有垂釣者撐著釣竿靜靜地坐著，頗有姜太公釣魚，願者上鉤的味道，這種悠閒讓忙碌了一天的傅華頓時有脫離塵世喧囂的感覺。

傅華不禁說道：「談經理，你真是個老饕，你找到的餐廳總是這麼不俗。」

談紅說：「我這個人是個完美主義者，不但要有美食，還要有美景，這樣子吃起來才會賞心悅目。」

傅華笑笑說：「我真是服了你了。」

談紅說：「食不厭精，膾不厭細，這也是孔夫子的飲食之道啊。」

兩人進了餐廳後，傅華才發現原來不僅可以在岸邊吃飯，還可以坐船到湖中去吃。兩人就上了船，涼風習習拂面，聽著軟語悠揚的蘇州評彈，傅華恍惚間覺得自己置身在杭州的西湖邊。

傅華說：「這種極具中式格調的氛圍，應該以中餐為主才對，搞什麼日本料理，不太合適吧？」

談紅笑說：「說你不懂吧，魚生其實起源於中國，而且歷史悠久，先秦時期中國人就吃魚生了，魚肉生吃，是中國人的專利。傳到日本後才成了他們的美味。」

傅華聽了談紅的講解，不禁說道：「談經理，我總有一種感覺，如果你把研究美食的精神用在工作上，肯定更厲害的。」

談紅笑笑說：「你這是譏諷我工作不用心，是吧？」

傅華說：「跟你開個玩笑而已，其實你的敬業是有目共睹的。」

談紅搖搖頭說：「可惜啊，證券這一行不是敬業就可以做得好的。傅華，你不知道，最近這段時間我們公司的業務處處碰壁，我感覺很累，這種累不是身體上的累，而是心累。有時候，我都覺得我回國工作是不是錯了。」

傅華寬慰她說：「你們公司剛經過潘總出事的打擊，業務方面肯定會有些縮減的，要恢復也需要一些時間，你別太在意，放輕鬆，一切難題都會很快過去的。」

談紅點點頭，伸手握了一下傅華的手，說：「傅華，我覺得跟你聊聊，心情就愉快了很多，有你做朋友真好。」

談紅主動握傅華的手，船裏的氣氛一下子變得曖昧了起來，傅華這才覺得自己跟談紅來這麼浪漫的地方吃飯有些不智，他早就知道談紅對他有好感，在這種氣氛下，很容易讓談紅誤會。他已經有了鄭莉，不想也不能接受談紅的好感。

傅華就有些尷尬起來，他不好把手抽出來，那樣會有一種太明顯拒絕的意味，本來今晚他是想寬慰談紅的，不想再去傷害她，幸好這時服務員划著小船送菜來了，兩人才把手都收了回來。

權力奴隸

郭奎說：

「金達啊，你的權力是人民賦予你的，做什麼事情之前，你一定要考慮是否被人民所允許。同時，權力這東西帶著很大的魔力，你意志如果不堅定，就會成為權力的奴隸，所以你要懂得去做權力的主人，知道嗎？」

第一道菜送來的就是這家店的招牌菜——魚生，這家餐館的魚生取自深海鱸魚，現點現做，精細的刀工把魚肉片成如紙薄片，再用十幾種配料調味而食，送入口中，魚生冰涼爽滑，入口就有一絲清涼，再仔細咀嚼，調料的香、辛、酸、甜等滋味將魚生之鮮美盡情帶出，滿口溢香，回味無窮。

傅華因為剛才的尷尬，便低著頭享受美味，也不敢去看談紅。

談紅卻自然很多，似乎剛才握傅華的手只是朋友間很正常的一種行為，她笑著說：「怎麼樣，這個魚生不錯吧？」

傅華說：「你帶我吃的地方，每一家都很好。」

談紅笑笑說：「這倒是真話。」

接下來上的是「龍井問茶」，茶碗中放了幾粒蝦仁，配一壺高湯，像極了在喝龍井茶，一口一杯，鮮美至極。

傅華剛想說幾句稱讚的話，手機響了起來，看看是鄭莉，趕忙接通了。

鄭莉問：「傅華，在幹嘛呢？」

傅華笑笑說：「跟朋友吃飯呢，你在幹嘛？」

鄭莉說：「我剛逛完街，就想找你一起吃飯，既然你已經跟朋友吃了，那就算了。」

傅華看了一眼談紅，談紅今晚的行為很主動，他不知道接下來她還會做什麼，兩人都

喝著餐館秘製的花雕酒，他害怕自己酒後會控制不了自己的行徑，便想把鄭莉叫來。他問談紅：「我女朋友想過來，可以嗎？」

談紅聽到「女朋友」三個字，面色變了變，不過很快就恢復正常，強笑了一聲，說：「好啊，歡迎，我還真想看看你女朋友什麼樣子呢？」

傅華知道談紅心中肯定不願意，不過他不想跟談紅繼續深入下去，便覺得索性就讓鄭莉來，也可以結束他和談紅之間這種有些尷尬的曖昧。

傅華就對鄭莉說：「小莉，我在西海吃魚生呢，你過來吧。」

鄭莉猶豫了一下，她在電話那頭已經聽到傅華是跟一個女人說話，便說：「傅華，你的朋友是女生，我去好嗎？」

傅華笑笑說：「是工作上的朋友，她也歡迎你來啊，快來吧，這裏的菜真是不錯。」

鄭莉說：「那好，我馬上過去。」

傅華掛了電話，對談紅笑笑說：「她一會兒就過來。」

談紅看看傅華，問道：「你這個女朋友什麼時候認識的？」

傅華說：「認識很早了，不過最近我們才走到一起的。」

談紅便一改開始的活躍，不再說話了，低頭專心對付起食物來。傅華知道她的心情，也不好說什麼，船內的氣氛開始沉悶起來。

過了十幾分鐘，鄭莉開著車到了，看到談紅，對傅華笑笑說：「誒，跟這麼漂亮的美女吃飯也不早叫我？」

談紅笑笑說：「你好，我叫談紅，頂峰證券的業務經理，傅主任剛好有業務由我們公司處理，就一起吃飯了。」

談紅不愧是見過大場面的人，表現得落落大方。

鄭莉便說：「我叫鄭莉，是傅華的女朋友，很高興認識你。」

兩人熱情地握了手，坐到了一起，互相以稱讚對方開始話題，熱情的交談了起來。

傅華心中不禁讚嘆女人的這種本領，不論心中對對方有沒有意見，見了面總是能找到可以攀談的話題。

吃完飯，鄭莉看談紅沒開車來，很大方的對傅華說：「你送談經理回去吧。」

談紅趕忙說：「這不好吧？」

鄭莉說：「這有什麼不好的，他把你接出來，就應該負責送你回去。」

傅華就讓談紅上了車，然後對鄭莉說：「回頭我再給你電話。」

鄭莉點了點頭，就開著車先離開了。

車上，談紅笑笑說：「傅華，你女朋友倒真是大方，敢讓你送我回去。」

傅華說：「小莉一向都很信任我的。」

談紅不禁讚道：「你女朋友氣度雍容，舉手投足都有一種大家閨秀的風範，開的車也很不錯，看樣子也是大戶人家的女兒吧？」

傅華點點頭，說：「你的眼光很準。」

談紅打趣說：「原來你喜歡出身豪門的女人啊，這個我真是沒想到。」

傅華想想也覺得很巧，趙婷和鄭莉都是出身豪門，談紅會有這種印象也很正常，不過談紅不知道的是，自己從來就沒刻意去追求出身豪門的女人，他笑著搖了搖頭，說：「這你就搞錯了，其實我跟她們認識和在一起都是很偶然的，只能說是緣分，並不是我非出身豪門的女人不娶。」

談紅本想說什麼，最終卻沒說出口，她閉上了眼睛，就讓傅華送了回去。

傅華回到家後，馬上就打電話給鄭莉，問鄭莉睡了沒有。

鄭莉說：「還沒有呢，我在等你的電話。傅華啊，我好像有點明白你為什麼捨不得駐京辦主任這個位置了，美女、美食，還有浪漫的環境，這種愜意估計給你一個市長都不想換的。」

傅華笑說：「我可以把你說的理解為吃醋嗎？」

鄭莉說：「別臭美了，自以為魅力非凡是吧？其實我知道你和談紅沒什麼，不然的話，你也不敢讓我參加你們的飯局了，是吧？」

傅華笑笑說：「小莉，我最服你的就是這一點，聰明又大度。」

鄭莉故意說：「你可沒說漂亮，是不是我不夠漂亮啊？」

傅華笑了，說：「哪裡，你的漂亮是不言而喻的，我覺得有眼睛的人都會看到這一點，我就不需要特別提出來了。」

鄭莉聽了，很高興地說：「小嘴真是夠甜的。好啦，明知道這不是事實，我聽了還是很高興。不過，這種話只能在我面前說，我可不准你在方蘇、談紅面前也說。」

鄭莉提到了方蘇、談紅，傅華就知道她心中多少還是很介意的，鄭莉雖然不能說不漂亮，可是在方蘇和談紅面前還是稍遜一籌；不過鄭莉也有她占上風的一面，她的氣質明顯優於方蘇和談紅。

傅華趕緊說：「她們跟我都是普通朋友而已，這些話我不會跟她們講的。」

鄭莉沉吟了一會兒，然後幽幽的說：「傅華，我那天拒絕你的求婚，你沒生我的氣吧？」

傅華自那次求婚之後，再沒有了動靜，鄭莉心中有些緊張，害怕傅華真的生氣了。

其實事後她就有些後悔，傅華這個人並不是個很會玩浪漫的男人，他求婚是出於內心的真誠想法，並不是兒戲，她應該立刻接受下來。可是心中多少還是有些不太甘心，每個女人都希望能得到一個浪漫的求婚，她也渴望傅華可以做得更好一點。

就這樣，在患得患失中度過了好些時日，鄭莉渴望傅華能夠儘快再次求婚，以結束這種煎熬，沒想到傅華卻好像沒事一樣，再也沒任何動作，這令鄭莉不安起來。

傅華聽了，說：「沒有啊，我那天是有點倉促，被你拒絕很正常啊。怎麼，你後悔了？」

鄭莉坦白說：「多少有點，現在看來，你這傢伙還是有點魅力的，不然的話也不會有這麼多漂亮女人圍著你轉。」

傅華叫了起來：「誒，什麼叫有點魅力啊？這說明我很有魅力，知道嗎？」

鄭莉笑笑說：「算你很有魅力又怎麼樣，是不是你就可以左擁右抱啊？」

傅華說：「那我可不敢，我心中只喜歡你一個人。」

鄭莉終於放下女人的矜持，說：「那你怎麼這麼長時間沒再向我求婚啊？」

傅華說：「我正在精心準備呢，沒有十分的把握我可不敢再向你求婚，我怕不能打動你。」

鄭莉甜蜜地說：「傻瓜，這種事情需要的是誠心，並不是形式，你不要花太多心思在形式上。」

傅華有點哭笑不得，上次因為倉促，鄭莉嫌棄沒有鮮花和戒指；現在她又要說只要誠心就好，不在乎什麼形式，這不是前後矛盾嗎，女人的心思還真是難以捉摸啊。

不過，傅華也理解鄭莉在決定終身大事時的這種彷徨的心情，他想給鄭莉留下一個美好的回憶，便說：「小莉，我已經有想法了，一定會給你一個完美的求婚，只是你不要急啊！」

鄭莉趕忙否認，說：「誰急了？我才不急呢。」

雖然嘴上這麼說，但鄭莉心定了很多，心情也就放鬆下來，開始跟傅華聊起她今天做過的事情。熱戀中的情人視對方做的任何瑣事也是趣事，兩人甜蜜的談著這些雞毛蒜皮的事情，時間不覺就溜走了……

第二天早上，傅華去海川大廈陪章旻吃了早餐，章鳳和趙淼也在座。

章鳳抱怨傅華沒把鄭莉帶來，說是以前趙婷在的時候，她們這些閨蜜三不五時還能湊一下，自從趙婷出國之後，她們就很少有機會能湊到一起了，現在傅華跟鄭莉在一起，也不讓她過來熱鬧一下。

章旻則說他上午就會飛東海，他已經跟呂紀通過電話，呂紀說今天下午有時間可以見他，所以他要趕緊過去。之後就要趕回南方，公司還有一大堆事等他回去處理呢。

傅華有些遺憾地說：「怎麼這麼快就走啊，你好不容易來一趟北京，我們還沒好好聚一聚你就要走了。」

章旻笑了笑說：「沒辦法，太多事情要處理。你也不要總是讓我來北京看你，你也可以去南方看我嘛。這樣，你跟鄭莉可以到我那兒度蜜月，你們蜜月的費用我全包了，那時候，我再忙也會抽出時間全程陪同你們的。」

傅華知道章旻確實是事務繁忙，可是百忙中他還為了自己跑到北京來，專門跑一趟東海，說明他心中是極重視跟自己的這份友誼，便說：「章董，謝謝你這麼忙還為我跑這一趟。」

章旻笑笑說：「你這樣說就見外了，生意隨時可以再做，可是要找到像我們這樣投契的朋友就很難了。」

早餐後，章旻就飛去東海省會齊州，下午三點，他已經坐在東海省長呂紀的辦公室裏了。

呂紀顯得很熱情，他跟章旻家族的交情一向深厚，到了東海也保持著聯繫，因此先問了章旻一些長輩的情況，然後才問章旻找他有什麼事情。

章旻說：「這次是要去海川看一下我們集團的酒店，順便來看望一下呂叔您。話說您升任省長之後，我還沒來看望過您呢。」

呂紀說：「你這個小子啊，總是記掛著我。誒，你們集團的酒店我記得，前段時間徐正還找過麻煩，對吧？」

章旻笑笑說：「呂叔真好記性，是啊，就是那家酒店。本來這家酒店已經上了軌道，不需要我來處理什麼的，可是前幾天突然出了點麻煩，這邊的楊總不敢拿主意，只好找到集團來，我一看事情挺棘手，只好親自來跑一趟了。」

呂紀看了一眼章旻，問道：「什麼事情這麼棘手，還需要你這個董事長親自跑這麼一趟？」

章旻說：「事情倒不大，可是挺麻煩的，弄不好我們順達酒店可能要被迫撤出海川了。」

呂紀愣了一下，說：「棘手到這種程度？你們那位楊總在海川惹上什麼麻煩了？還是惹到了什麼樣的厲害人物，竟然可以逼你們退出海川？」

章旻說：「事情詭異的地方就在這裏，我們順達酒店在海川一切都是守法經營，根本就不想招惹任何麻煩，偏偏麻煩就從你根本想不到的地方冒出來，想一想也挺有意思的。」

呂紀不禁問道：「什麼麻煩會從你想不到的地方冒出來啊？」

章旻說：「其實給我們找麻煩的厲害人物更有意思，竟然是海川市政府的副市長穆廣。」

呂紀詫異地說：「穆廣？我聽下面反應，這個穆廣名聲還不錯啊，他怎麼會給你們找麻煩，究竟怎麼回事啊？」

章旻就講了穆廣去酒店暗示要順達集團提出更換傅華，否則就會對順達酒店有所不利的事。

呂紀更加奇怪了，說：「怎麼又牽涉到了傅華了？」

章旻說：「呂叔知道傅華？」

呂紀點點頭說：「這個人我知道，是一個很有能力的人，那時候他把在北京的鄭老請回來，當時的省委書記程遠還專門跑到海川去，這件事在東海政壇十分轟動，所以我知道這個人。海川的融宏集團也是他拉來的。穆廣怎麼會想動他的腦筋？」

章旻攤了攤手，說：「這我就不清楚了，我只知道他暗示要我們提出更換傅華海川大廈董事長的職務。這件事我們是不能答應的，呂叔，您應該瞭解我們章家，我們章家的家訓，向來是重視朋友的友誼甚於生意上的得失，絕不會因為生意上可能蒙受損失就去背叛朋友。」

呂紀點了點頭，他很贊同章旻對他們章家的評價，章家一向以重視朋友著稱，這種可以為朋友蒙受損失的行為，在現在這個唯利是圖的社會是難能可貴的，章家因此反而把生意做得更大了。

這也是他這些年一直跟章家保持密切關係的原因，章家一直在背後支持他，卻並沒有大肆宣傳這種關係，甚至從來不去麻煩他什麼事情。

另一方面，呂紀覺得穆廣做得有些過分了，政治上的爭鬥也許無法避免，可是用脅迫一個商人來對付政治上的對手，這種伎倆不但不夠層次，而且也讓外人看了笑話。

呂紀看看章旻，說：「你打算要怎麼處理這件事情呢？」

章旻回說：「我準備當面拒絕穆廣，然後再評估一下形勢，如果形勢確實惡化到讓我們順達酒店無法在海川容身的地步，我們只好撤出海川了。」

其實章旻知道，無論如何形勢也不會惡化到順達酒店無法在海川容身的地步，他是在故意渲染這種嚴重性，好讓呂紀感到有為順達酒店出頭的必要。這不單是要為傅華出口氣，也是要為順達酒店在海川立威，他要讓海川市政府的那班人知道，順達酒店有雄厚背景，可不是誰想威脅都可以威脅的。

呂紀聽完，想了想說：「這樣子正面硬抗也不是個辦法，可能會越發激化矛盾的，這樣吧，這件事情讓我來處理吧。」

章旻看了看呂紀，說：「呂叔，這不會給您添什麼麻煩吧？我感覺這件事情不是那麼簡單的。」

章旻認為自己光點到穆廣這個層面還不夠，他需要把事情引到金達身上去，不然僅僅處分穆廣沒什麼威懾力，金達還是可能在背後興風作浪。

呂紀問：「怎麼不簡單法？」

章旻說：「我覺得一個副市長可能還左右不了這個局面，他的背後說不定還有人支持。」

呂紀眉頭皺了起來，章旻說的不是沒有道理，穆廣之所以去順達酒店暗示要更換傅華，肯定是心中有一定把握才這麼幹的，而能給他這種把握的，只有市長金達。一牽涉到金達，事情處理起來還真是不那麼簡單了。

金達一直是省委書記郭奎很欣賞的人，一開始，呂紀也跟郭奎持同一立場，他也欣賞金達在理論方面展現出來的才幹，可是慢慢呂紀就發現，金達是理論強而實踐弱的一個人。

金達主政海川之後，並沒有腳踏實地的去落實當初他給海川設計規劃的海洋發展戰略，反而把目光落在一些能快速見效的項目上。先是不顧現實條件，要在海川上什麼保稅區，保稅區審批失敗之後，又把保稅區化整為零，建什麼工業園。其後更是想在海川上什麼污染嚴重的對二甲苯的化工項目，讓海川市民對此意見很大。

整個過程讓呂紀感覺金達就像一隻沒頭的蒼蠅一樣，四處亂撞，對海川的整體發展來說，他心中像是沒有完整的一盤棋。這難免讓呂紀對金達有些失望。

其實像什麼保稅區、對二甲苯化工這些項目，呂紀個人是很不贊成的，這不但打亂了省裏整體的工業佈局，也跟金達提出的大力發展海洋經濟南轅北轍。

這讓呂紀感覺有些滑稽，因此也認識到金達這個海洋經濟的宣導者只是紙上談兵，誇誇其談而已，他並沒有把這件事情落實到現實層面的能力。

呂紀愈發覺得金達可能並不適合擔任海川的市長，就像章旻反映的這件事，堂堂市長為了擺佈一個小小的駐京辦主任，竟然動這種歪腦筋，自己都不會覺得層次太低了嗎？

但是金達是省委書記郭奎一手用起來的人，呂紀不好在金達身上太做什麼文章，因此有關金達的事，呂紀都是反映到郭奎那裡去，就是要批評，也由郭奎去批評。

呂紀讓章旻安心去海川，不要去理會穆廣和金達，事情他會做出必要的安排，保證讓順達酒店在海川的經營不會受到任何干擾。

送走了章旻，呂紀就打電話給郭奎，說有事情要向郭奎彙報，郭奎就讓呂紀過去。

一進郭奎的辦公室，郭奎便說：「老呂啊，什麼事情啊？」

郭奎和呂紀是合作多年的搭檔，已經很熟悉了，而且這些年配合的一直很好，因此只有兩個人相處的時候，說話什麼的就很隨便。

呂紀笑了笑說：「郭書記，也沒什麼大事，只是有件事情牽涉到了海川，您看能不能跟金達同志說一下。」

郭奎眉頭皺了起來，說：「又牽涉到了金達，什麼事情啊？」

呂紀說：「是一家企業向我反映了一個情況……」

呂紀就講了穆廣威脅順達酒店的情況，然後說：

「這個章家是我在南方工作時候就熟悉的，是一個很有實力的家族，原本我想邀請他們到我們東海來投資的，可是他們派過來試水的順達酒店就遇到這種情形，讓我也無法再張口請他們來了。我搞不明白，海川市政府如果覺得手下的一個駐京辦主任工作不力，大可以通過組織程序撤換，該幹什麼就幹什麼，有必要玩這些上不了臺面的把戲嗎？」

呂紀說的顯然是不會有假，郭奎也有點動怒了，說：

「這個金達怎麼回事啊，怎麼竟會縱容穆廣做這種事情？這個駐京辦主任我是知道的，很能幹的一個幹部啊，當初我出面幫海川搞定融宏集團的二期投資時，就知道那個陳徹對這個駐京辦主任很是欣賞，這樣一個人才為什麼海川市政府就容不下呢？老呂啊，你說我們用金達做這個市長是不是用錯了？我當初只注重了他的理論能力，沒想到他的實踐能力這麼差！」

呂紀看了看郭奎，看來郭奎已經對金達有些不再信任了，不過他也不方便馬上就否定金達，畢竟金達是郭奎一手提起來的，他否定金達就等於是否定郭奎。再說，這次的事情還算不上什麼原則性的問題，也不到可以撤換金達的程度。

呂紀便打圓場說：「也不能這麼說，金達同志上任以來，工作還是很積極努力的。只是一些事情上容易犯錯誤，可能是經驗還不足吧。」

郭奎搖搖頭說，說：「也許我當初是操之過急了，把一個還不夠成熟的同志放到了一個他不能勝任的崗位上。好啦，老呂，順達酒店這件事我會跟金達談一下的，你也跟你的朋友說，我們東海的投資環境是很安全的，我們會保障他，會保障每一個來投資的商人的合法權益的，穆廣的行為是個人的行為，並不能代表我們政府。」

呂紀笑笑說：「這些我都跟他們講了。」

隔天張琳來省裏開會，會議結束後，郭奎把張琳留了下來。

雖然他並不懷疑呂紀跟他說的情況是真的，可是這總與他瞭解的金達個性不太一致，也許這其中有什麼自己不瞭解的狀況，因此造成了某種誤會也很難說，因此他把張琳留下來，想要瞭解一下究竟發生了什麼事。

張琳跟著郭奎去了辦公室，坐下來之後，張琳問道：「郭書記，您有什麼事情啊？」

郭奎笑了笑說：「張同志，我有件事情想向你瞭解一下，你們那個駐京辦主任傅華，現在工作狀況如何啊？」

張琳愣了一下，他沒想到郭奎會問起傅華，從省委書記到駐京辦主任這裏差了很多層，按說郭奎不應該也不太可能問到傅華的工作狀況。

他看了看郭奎，問：「郭書記，您怎麼突然問起傅華來了？」

郭奎笑笑說：「也沒什麼，就是想瞭解一下這個同志工作幹得怎麼樣？」

張琳說：「這個傅華同志是市政府那邊的工作人員，很多情況我也不是很熟悉，只是前幾天他才把安德森公司帶到了海川考察，我也參與了這件事。據我了解，這個同志是很認真負責的，招商引資工作做得還不錯。」

郭奎說：「安德森公司？你是說那個精密機床行業的老大，安德森公司嗎？」

張琳點點頭，說：「是啊，它們的CEO湯姆先生前幾天被傅華帶到海川，初步考察下來，湯姆先生對我們海川的投資環境很滿意，已經有意想在海川設立生產基地了。」

郭奎驚喜的說：「這很不錯啊，又被你們海川搶到了一個大家而且優質的客商了。」

張琳笑笑說：「現在還沒簽訂合同，所以還不能說安德森公司一定會在海川投資。」

郭奎稱讚說：「那也不錯，起碼有了一個好的開始。誒，張同志，你說你參與了這件事，這件事情是你主持的？」

張琳笑著搖了搖頭，說：「沒有，我是在安德森公司最後考察完的時候，傅華同志跟我彙報，說市裏面沒有一個市級領導出面給安德森公司送行，我覺得這樣有點欠缺禮數，就更改行程，出面送了送安德森公司。其實市裏面這些經濟事務向來是由市政府方面出面處理，我一般很少參與的。」

聽到這裏，郭奎多少可以猜測到為什麼金達和穆廣會在背後搞傅華的小動作了，肯定是金達和傅華之間產生了某種矛盾衝突，不然也不會這樣一家很重要的客商來考察，市政府竟然一個領導都不出面送行。

郭奎不知道他們的矛盾衝突究竟在哪裡，他要把金達找來問個清楚，問金達，什麼樣的矛盾可以讓他把氣撒到工作上面去。郭奎很討厭這種把個人矛盾糾纏到工作上面去的人，他認為這是公私不分的行為。

郭奎就讓張琳回去帶話給金達，讓金達到省裏來見他。

金達一聽張琳轉述郭奎要見他，不敢大意，馬上就坐車去省城，找到了郭奎。

郭奎看了看敲門進來的金達，說了句：「坐吧。」金達看郭奎臉上一點笑容都沒有，心一下子沉了下去，郭奎只有批評他的時候才會這個樣子。

金達去沙發那裏坐了下來，他見郭奎不高興，舉止也不敢隨便，挺直了腰板，神態十分拘束。

郭奎並沒有馬上就跟金達講話，而是把金達晾在那裏，繼續批閱他的文件。

金達看郭奎這個樣子，也不敢問郭奎找他來幹什麼，只是心情忐忑不安的坐在那裏，緊張地一會兒額頭上就冒出了汗珠。

過了一會兒，郭奎覺得把金達晾得差不多了，這才放下手頭的文件，走到沙發那邊，坐到了金達的對面。

郭奎看看金達，說：「金達啊，首先，有件事情我要幫人家通知你一下，就是順達酒店方面已經決定，拒絕你們讓他們提出的撤換海川大廈董事長的要求。」

金達的臉騰地一下子紅了，他沒想到順達酒店竟然把這件事情反映到郭奎這裏，他有一種無地自容的感覺，頭深深的低了下去，也不知道該如何回答郭奎。

郭奎見金達這副窘迫的樣子，便知道金達肯定是參與了這件事，心中不免很失望。他原本期待金達會說不知道這件事的，那樣的話，就是穆廣個人的行為了，與金達無關。

他冷笑了一聲，說：「金達同志，現在順達酒店的態度已經很明確了，下一步你們海川市政府準備怎麼做，把他們趕出海川？」

郭奎直接的發問，讓金達尷尬的說：「那怎麼會，我們不會干擾他們的。」

郭奎說：「怎麼不會，你們不就是這麼威脅他們的嗎？金達啊，你真讓我刮目相看啊，竟然會玩這種脅迫的手段了。」

金達這時後悔的連腸子都青了，他暗自埋怨穆廣出的餿主意，害他現在根本無法在郭奎面前辯解。

金達只好說：「對不起，郭書記，我知道錯了。」

這時候金達知道任何辯解都沒有用，只有老老實實的承認錯誤才能得到郭奎的諒解，因此主動認錯。

郭奎卻並沒有就此放過金達，他認為金達這次做得太過分了，他教訓說：「金達啊，這不是一句認錯就能交代過去的，你要知道，組織賦予你權力，是要你為人民服務的，而不是讓你拿著去脅迫別人的，你這種行為實在太惡劣了。」

金達這時更不敢說什麼話了，只能連聲認錯。

郭奎說：「你原來不是這個樣子的啊，原本在省裏你不是一直很謙遜嗎？怎麼做了市長就變成這樣了？是權力讓你膨脹成這個樣子的嗎？金達啊，我對你真是很失望。」

金達被訓得頭一直低著，再也不敢抬頭看郭奎了。

郭奎停頓了一會兒，問道：「你跟我說，傅華同志到底是怎麼惹到你了？」

金達更加尷尬了，苦笑了一下說：「郭書記，都是我不好，我知道我錯了，我願意向組織檢討。」

郭奎不耐煩的說：「我在問你究竟是怎麼回事？你老老實實跟我講清楚。」

金達無奈，只好把跟傅華發生矛盾的前因後果講了一遍，郭奎聽完，瞅了金達一眼，說：「你的度量就這麼點啊？」

金達慚愧的說：「對不起郭書記，是我太自我膨脹了，覺得被傅華冒犯了，就有些忘乎所以了。」

郭奎說：「這件事，我覺得傅華同志做得很不錯，對二甲苯項目有污染問題，市民們反對，你這個市長本就應該接受民意。傅華請張琳同志送安德森公司的CEO，也是為了工作，我覺得張琳同志這一點做得很好，不論發生什麼事，先把工作做好。這一點你要跟人家學習，不要把不滿發洩到工作上去。」

金達點點頭，說：「我現在已經意識到自己的錯誤了。」

郭奎看訓金達被訓得差不多了，語氣轉趨溫和，說：「金達，作為一個市長，你要面對的事情很多，要面對的人也很多，這裏面會有贊同擁護你的，也會有反對你的。你要有聽取反對意見的雅量，更要有接納反對你的人的度量。你是讀書人，不需要我教你什麼兼聽則明的大道理吧？」

金達趕忙點點頭，說：「我知道。」

郭奎又說：「再是要不拘一格的用人才，就說這個傅華同志吧，我覺得他是一個很有原則也很能幹的人才，這種人才都是很有個性的，你要懂得尊重他的個性，任用他的才能。你手下這種人才用得多了，才能把工作搞好。我記得史記上有一段記載，說的是漢高祖跟臣下曾經討論過他是怎麼得天下的，這個故事你知道吧？」

金達點點頭，說：「我知道。」

郭奎說：「那你說給我聽聽，是怎樣的一個經過？」

金達就講了這段典故。

漢高祖劉邦得天下之後，在洛陽南宮擺酒宴，說：「各位王侯將領不要隱瞞我，都說出真實的情況，我得天下的原因是什麼呢？項羽失天下的原因是什麼呢？」

高起、王陵回答說：「陛下把城鎮、土地賜給人們，與天下的利益相同；項羽卻不是這樣，殺害有功績的人，又懷疑有才能的人，這就是失天下的原因啊。」

劉邦說：「你們只知其一，不知其二。就拿在大帳內出謀劃策，在千里以外一決勝負來說，我不如張良；平定國家，安撫百姓，供給軍餉，我不如蕭何；聯合眾多的士兵，打仗一定勝利，我不如韓信。這三個人都是人中豪傑，我能夠用他們，這是我取得天下的原因。項羽只有一位范增，卻不用他，這就是他失敗的原因。」

郭奎聽完說：「你既然說起來頭頭是道，怎麼在實踐中就不知道運用呢？金達啊，理論要用到實踐中才能發揮作用的。」

金達明白了郭奎讓他說這個故事的深意，這是在說他有人才而不會使用，還說他光有理論，沒有實踐是不行的。

金達深切地說：「郭書記，我回去一定深刻反省自己的錯誤，改變以前錯誤的做法。」

郭奎交代說：「光反省是沒有用的，穆廣同志的行為，一定程度上是給海川市政府造

成了極惡劣的影響，我希望他去給順達酒店好好的道歉，挽回你們市政府的形象。」

金達立刻點點頭。

郭奎說：「金達啊，你要記住一點，你的權力是人民賦予你的，做什麼事情之前，你一定要考慮一下這件事情是否被人民所允許。同時，權力這東西帶著很大的魔力，你意志如果不堅定，就會成為權力的奴隸，被權力所擺佈，所以你要時刻保持清醒的意識，懂得如何去做權力的主人，知道嗎？」

金達說：「知道了，我會記住郭書記今天跟我說的每一個字的。」

郭奎說：「行了，你可以回去了。回去認真思考一下今後要怎麼做。」

何方神聖

穆廣聽到順達酒店的董事長章旻來了，
心中就猜到郭奎會知道這件事，肯定是與這個章董事長有關了。
現在的商人都是能夠手眼通天的，他能找到郭奎也不讓人意外。
穆廣很想見一見這個章董事長，看看他究竟是何方神聖。

海川。

晚上，在雲龍山莊錢總的辦公室，穆廣不滿的瞪著錢總說：「你是怎麼回事啊，都這麼久了，怎麼連一個小小的記者都找不出來？」

錢總苦著臉說：「我已經把海川翻了個遍了，誰知道這小子躲得這麼好啊，再說，也沒過去幾天啊，再等等吧，我就不信這小子會不跟他父母聯繫。」

穆廣煩躁地說：「多等一天就多一分被揭露出來的危險，你讓我怎麼能安心下來啊。」

穆廣是個心思縝密的人，做事向來要求滴水不漏，存在著這麼大的危險，他自然是寢食難安了。

錢總說：「你不是說北京英華時報那裏你已經擺平了嗎？張輝就算寫了文章，英華時報不給他發表，他也沒辦法的。你怕他幹什麼？」

穆廣罵說：「你是不是糊塗啦？他是名記者，在北京難道就沒有別的關係了？英華時報不給他發表，他可以找別家報社給他發表啊，再說，現在不是還有網路嗎？他把文章發到網上怎麼辦？因此這個張輝一定要擺平才行。」

錢總攤著手說：「那就沒辦法了，只有等吧，現在這小子手機關機、住址不明，除了等，我們也沒別的招數了。媽的！我現在真想把這小子揪出來好好教訓一頓，看他敢給我們找這麼多麻煩！」

穆廣眼睛瞪了起來，說：「你敢?!你最好給我老實點，這種名記者可不能亂動，一動他事情就鬧大了。」

錢總乾笑了一下，說：「我只不過是說說氣話罷了，你不用這麼緊張吧？」

穆廣埋怨說：「整件事情都怪你，自己的地盤都看不住，讓人家拍了照去，才搞得大家這麼緊張。」

錢總說：「誰知道那小子會假裝成遊客呢！好了，事情已經這樣了，我們想辦法解決問題要緊，再來埋怨我也沒什麼用。」

這時，穆廣的電話響了起來，看看是金達的號碼，趕忙接通了。

金達一來就問道：「老穆啊，你在哪裡？」

穆廣說：「我在和朋友吃飯呢，有事嗎金市長？」

金達不耐煩的說：「你什麼時候能結束？」

穆廣說：「馬上就可以了。」

金達說：「那你結束後馬上去我辦公室等我。」

穆廣知道金達今天去了省城齊州，按說這個時間點他應該留在齊州的，便說：「您已經回來了嗎？」

金達說：「我在路上，很快就趕回來了。」

穆廣有些不祥的感覺，一定是有什麼不好的事情發生了，不然金達也不會這麼匆忙趕回來。

穆廣問道：「出了什麼事情了？金市長。」

金達說：「一兩句話說不清楚，見面再說吧。」金達就掛了電話。

穆廣不敢怠慢，又叮囑了錢總要想辦法趕緊找到張輝之後，匆忙趕去了金達的辦公室。

到了金達的辦公室，金達還沒有回來，穆廣等了半個多小時，金達才匆忙地走了進來。

穆廣見金達神色灰敗，感覺越發不好，連忙迎了上去，問道：「金市長，出什麼事情了？」

金達瞪了穆廣一眼，說：「老穆啊，你是怎麼去說服順達酒店更換傅華海川大廈董事長職位的？」

穆廣說：「我跟順達酒店的楊總說，只要他們能提出更換海川大廈董事長，我們海川市政府願意給他們更多的照顧，怎麼了？」

金達用懷疑的眼神看了看穆廣，說：「老穆啊，你就說了這些嗎？」

穆廣納悶說：「對啊，就說了這麼多啊。」

金達追問：「真的嗎？」

穆廣說：「我騙您幹什麼！」

金達不相信地說：「你沒對順達酒店說過什麼威脅的話？」

穆廣心裏咯登一下，他是在楊總面前隱約說了些帶有威脅的話，他知道像順達酒店這樣的企業，你不給他們一點威脅，他們是不會甘心就範的。不過這些威脅的話似乎不適合在金達這個書呆子面前承認，否則他又要說什麼大道理了。

穆廣急忙否認說：「沒有哇，我是一個副市長，犯得著去威脅他們嗎？」

金達看了眼穆廣，說：「那郭書記怎麼說你去威脅他們了？」

穆廣說：「我真的沒有哇，怎麼，你在郭書記面前承認了？」

金達抱怨說：「郭書記這麼說，我哪裡還敢否認！」

穆廣心裏暗罵金達是傻瓜，這種事情就是兩個人在場，出我口入他耳，沒有第三者知道，不論做沒做，都應該要打死不認的，誰知道金達傻乎乎的馬上就承認了。

在省委書記面前承認，等於是坐實了錯誤，而且金達承認了，也等於自己承認了，這會讓郭奎對自己種下一個什麼樣的印象啊。媽的！可叫金達這個笨蛋害死了。

穆廣有些不滿地說：「金市長，您讓我怎麼說您啊，事情又不是您做的，您就說您不知道是怎麼回事就好了，承認幹什麼？這下好了，明明我沒做過的事情，也讓郭書記認為是我說了。」

金達說：「你真的沒說過啊？」

穆廣急了，說：「金市長，我們搭班子也有些時日了，我有騙過你一次嗎？你被順達酒店那幫人耍了！想不到這幫混蛋竟然能找到省委書記告我們的狀。這幫傢伙是什麼來歷啊？我沒有注意到他們跟省裏有什麼來往啊，怎麼竟可以直通到省委書記那裏呢？」

金達苦笑了一下。他現在也覺得自己沒在郭奎面前否認這件事是有些不夠明智，可是當時郭奎驟然質問他這件事，他整個人都被嚇傻了，以為郭奎瞭解的肯定是不會錯的，腦筋裏自然一點否認的念頭都沒有。他說：

「我也不知道郭奎書記是怎麼知道這件事的。老穆啊，你也別來怪我，你不知道當時的情形，郭書記一開口就跟我說，他代順達酒店方面通知我，拒絕我們更換海川大廈董事長的要求，我聽到這裏整個人都被嚇懵了，哪裡還有腦筋去想郭書記瞭解的狀況是真是假啊？」

穆廣想想也是，換到自己在這種狀況下，在省委書記的威嚴面前，一家也是先被嚇懵了，根本就不會去想怎麼爭辯，更何況這件事情本來就是有所本的。

穆廣更在心中暗罵順達酒店和傅華不是東西，竟然去省委書記那裏告狀。他把責任賴

到了對方的身上，說：「金市長，我能理解您當時的心情，主要還是對方太過狡猾了，他知道我們在省委書記面前肯定是不敢否認，所以才敢添油加醋說我威脅他們，這樣就好利用郭書記來打擊我們了。」

金達這次在郭奎面前可說是最狼狽的一次，現在再聽穆廣的挑撥，讓金達不由得又燃起了對傅華和順達酒店的怒火，原本他已經被郭奎說服，認為一切的錯誤都在自己，心中還想找機會看看能不能跟傅華重新修好，結果弄明白根本就是傅華和順達酒店在郭奎面前搞的鬼，讓他再也不想要去跟傅華重新修好的事情了，傅華在金達心中等於是判了死刑。

但這是郭奎的命令，這個屈辱還要暫時忍下來，金達看看穆廣，說：

「老穆，這件事情我們也有不對的地方，我們本就不應該去找順達酒店幫我們提出更換傅華的。不管你說沒說那些話，反正郭書記是認為你說了，郭書記說這樣造成的影響很惡劣，要你去跟順達酒店道歉。」

穆廣心說這都是你這個笨蛋害我的，我如果出面道歉，我在海川營造了這麼長時間的好形象不就一下子破功了嗎？可這是省委書記下的命令，他也不敢抗拒，只好說：

「唉，郭書記也是的，這麼不分青紅皂白讓我去道歉，我心裏真是彆扭啊。」

金達苦笑著說：「還不止這麼簡單，我們還被要求在黨員會上作檢討呢。」

金達不敢承認是他向郭奎主動承諾要在黨員會上做檢討的，他怕被穆廣埋怨，反正這些都是要做給郭奎看的，索性都說是郭奎的命令，這樣穆廣就算心中有怨言，也不敢說什麼了。

果然，穆廣一聽是郭奎讓他們這麼做的，便說：「好吧，既然是郭書記要求的，我們就照著實行吧。」

兩人就討論了一下要如何檢討的事，他們一致認為還是要回避掉要更換傅華海川大廈董事長這個事情，決定只含糊地承認對企業的經營者說了一些不合適的話；這樣子既承認了錯誤，可以對郭奎交代過去，又能最大限度的不丟自己的臉，從而把整件事情應付過去。

等討論完，已經是凌晨了，金達和穆廣互看了一眼，對方的臉色都是頹喪的，兩人都覺得這可能是自己仕途上最大的一次挫敗。氣憤之餘，也不約而同的想到一定要想辦法找補回來。這兩個人搭班子以來，還是第一次想法完全一致。

分手後，兩人各自回去休息了一會兒，穆廣就趕去了海川的順達酒店，找到了楊總。楊總見穆廣匆忙而來，神色不定，心中不由得打起鼓來。

章旻已經到了海川，明確地告訴楊總，總部的意思是回絕穆廣的要求，他正在煩惱不知道該如何去答覆穆廣呢，穆廣卻來了。

楊總打算先跟穆廣說幾句婉轉的話，然後再告訴他總部的意思，沒想到穆廣倒先開口了：「楊總啊，你怎麼是這樣一個開不得玩笑的人呢？」

楊總被說愣在那裏，不知道穆廣說這句話是什麼意思，心裏越發忐忑不安，只好乾笑了一下說：「穆副市長，怎麼了，我做錯什麼了嗎？」

穆廣埋怨說：「你這個人啊，怎麼能把我酒醉後說的玩笑話當真了呢？我上次有點喝多了，腦筋不知怎麼就想到那棟海川大廈去了，我是覺得傅華同志已經是海川駐京辦的主任了，再擔任海川大廈的董事長，事務有些太繁雜了。雖然傅華同志很能幹，可我們也不能把擔子都壓到他身上啊？我只是為他抱屈的意思，你怎麼能說是我想要更換傅華同志呢？這個誤會可鬧大了。」

楊總看了看穆廣，他清楚的記得當時穆廣雖然喝了一點酒，可是還沒到不清醒的程度；再是，穆廣當時要順達酒店提出換掉海川大廈董事長的要求表明的十分清楚，可不是什麼擔心傅華事務繁雜的意思，這一點他絕對沒聽錯。

不過楊總也是在商界打過滾的人，七竅玲瓏，一聽穆廣這麼說，馬上就明白穆廣是退縮了，他這麼說，顯然是要為自己找臺階下。

楊總便一拍腦袋，說：「哎呀，穆副市長，你看我，這麼一把年紀了，連幾句話都聽不清楚，這個誤會可真鬧大了，我還把這件事情彙報給我們順達酒店總部，總部為此十分緊張，我們章董還專門跑來海川。看這事鬧的，哎呀，這都怪我。」

穆廣心說，這個楊總倒算識相，自己給他臺階，他馬上就能下來。同時他聽到順達酒店的董事長章旻來了，心中就猜到郭奎會知道這件事，肯定是與這個章董事長有關了。

現在的商人都是能夠手眼通天的，他能找到郭奎也不讓人意外。穆廣很想見一見這個章董事長，看看他究竟是何方神聖。

穆廣便說：「你們的董事長也來了？哎呀，楊總，你也不跟我先落實一下就彙報了，把你們董事長都驚動了，我說省裏面的領導怎麼突然知道了這件事情呢！這件事可被你鬧太大了。我今天本來是想來跟你把誤會解釋清楚的，現在你們董事長都專程過來了，我必須為這件事情跟他當面道歉。這都是我不好，喝了幾兩貓尿就胡說八道。你們董事長呢？我想見見他，表達一下我誠摯的歉意。」

楊總不清楚章旻願不願意見穆廣，看穆廣前倨後恭的態度，說明章旻在東海有很大的影響力。他笑了笑說：「我們董事長不知道穆副市長這麼早就過來，這時候還在休息呢。穆副市長您等一下，我去看看他起來沒有。」

穆廣心中暗罵，我一個堂堂的常務副市長來了，你們家董事長不應該趕緊過來迎接嗎，還說什麼要看看起床沒，真是好大的架子。不過穆廣現在是人在屋簷下，不得不低頭，只好笑笑說：「行，楊總，就麻煩你跑一趟，我就在這裏等。」

章旻還真沒起床，這倒不是他要故意怠慢穆廣，而與他在南方的生活習慣有關。南方氣候潮熱，凌晨到早上這段時間算是休息的最好時間，所以一般南方人都是睡得很晚也起得很晚。

章旻被叫醒後，聽說海川市副市長穆廣登門來拜訪，便知道呂紀那裏已經發揮作用了，他問楊總：「他說了什麼？」

楊總笑笑說：「穆廣說他那天是喝多了胡說的，說的話做不得準，還說讓您被驚動來很不好意思，想要當面道歉。」

章旻說：「這傢伙是給自己找臺階下呢。」

章旻不想太給穆廣難堪，畢竟順達酒店還要在海川地面上經營，得罪了地方長官總是不合適，就讓讓楊總先回去陪著穆廣。

他簡單地洗漱一番之後，就匆忙趕到了楊總的辦公室，進門就笑著說：「不好意思，不好意思，穆副市長，我不曉得您今天會過來，不但沒迎接您，還害得您在這裏等我，真是不好意思。」

穆廣看到章旻愣了一下，章旻顯得與他順達酒店董事長身分很不相稱的年輕，穆廣依稀記得自己在這個年紀還只是個小辦事員，可章旻已經是名震一方、資產億萬的董事長了。

穆廣立刻收起了對章旻的輕視之心，這麼年輕就如此成功，必然有其過人之處，而且章旻一來就主動道歉，並不因為自己主動上門就表現傲慢，這充分顯出一個成功商人的成熟和圓滑。

穆廣連忙站了起來，說：「章董您這麼說，我就有些無地自容了，我是不速之客，而且因為我酒醉後的幾句糊塗話還讓您從南方大老遠的趕過來，真正應該說抱歉的是我啊。章董，我在這裏鄭重的跟您道歉，希望您能原諒我。」

兩人熱情地握了手，章旻說：「這怎麼能怪穆副市長呢，要怪就怪我們家楊總，他竟把幾句玩笑話當真了。我當時聽完彙報就覺得奇怪，穆副市長這種身分的人怎麼會說這種話呢，現在弄明白了，您只是開玩笑而已。」

楊總在一旁陪笑著說：「我真是笨啊，鬧了這麼大的一個誤會出來，對不起啊，穆副市長。」

穆廣略顯尷尬的說：「也不怪你啦楊總，是我話沒說清楚而已。」

章旻笑笑說：「不過，也幸虧楊總鬧了這個誤會，不然我也沒機會得見穆副市長，沒機會跟穆副市長交這個朋友的。」

穆廣聽了，立刻說：「是啊，我也沒機會見到章董的風采，我這個人向來很喜歡跟企業家們交朋友的。我還在下面做縣委書記的時候，就曾經說過企業家不但為社會創造財富，也為人們創造就業機會，應該是這個社會上最可愛的人。」

章旻笑說：「想不到穆副市長您對我們這些經營企業的人這麼理解，我們真是應該好好交個朋友啊。」

穆廣便說：「我們不已經是朋友了嗎？」

三人一起哈哈大笑了起來，一場尷尬就這樣被巧妙的化解了。

接下來，穆廣開始稱讚章旻這麼年輕就把事業經營的這麼成功，讓他都有在虛度光陰的感覺。

章旻客套說：「穆副市長如果說自己是在虛度光陰，那很多在您這個年紀還是小辦事員的人，怕是不知道該如何自處了。」

穆廣笑了，說：「這倒也是。說起來，穆某也算是有一點小小的權力。章董，我們今天算是正式認識了，以後呢，順達酒店在海川如果有什麼事需要我幫忙的，您盡可以讓楊總來找我。」

穆廣這是在示好，章旻跟省委書記郭奎有聯繫，是整個事件中最有背景的人，真心想要結交這樣一個人物，因此他覺得光道歉是不夠的，他願意給順達酒店更多的照顧，從而能夠得到章旻的友誼。

章旻也明白穆廣前倨後恭的緣由，便笑笑說：「那我先謝謝穆副市長了，一樣，既然大家都是朋友了，您有什麼需要，儘管跟楊總說，我也會儘量幫忙的。」

穆廣心說：我最希望你們幫我搞掉傅華，可是你們不肯啊，也不知道傅華跟你究竟是什麼樣的關係，讓你不惜動用省委書記的關係都要維護他。

穆廣自然不敢冒險再提傅華了，便趕緊回說：「那我也謝謝章董了。」又閒聊了一會兒，穆廣就要告辭離開，章旻留他吃午飯。雖然氣氛已經緩和了，可終究彼此還是有著各自的心思，穆廣便堅決拒絕了。

穆廣走後，章旻打電話給傅華，說：「傅主任，你知道剛才誰在我這裏嗎？」

傅華笑說：「我怎麼知道？誰啊？」

章旻說：「你們的穆副市長，他是過來給我道歉的。」

傅華說：「他說什麼啦？」

章旻說：「說他那天喝多了，說的都是醉話。」

傅華笑說：「這傢伙倒是會找臺階下。」

章旻說：「我沒怎麼難為他，也跟著他裝糊塗，大家嘻嘻哈哈一場，算是把這件事情化解了。」

傅華說：「你給他留點面子是對的，畢竟你們的酒店還要在海川經營下去。」

章旻聽了說：「是啊，我也是這麼考慮的。穆廣這個人，據我今天跟他談話來看，算是個人物，我跟他談話的時候，他眼珠轉個不停，一看就是個心機很重的人；而且看他今天的表現，能屈能伸，這個人不好對付啊，你今後要小心這個人。我懷疑你們市長之所以動你的腦筋，怕也是這傢伙在背後出的主意。」

傅華說：「嗯，我瞭解我們市長，他沒這麼多心機的，這些壞主意肯定是這個穆廣給他出的。」

章旻勸說：「你這樣被你們市長誤會下去也不是個辦法，是否找個機會跟你們市長談一談，把誤會解釋一下，不要讓穆廣這種小人在其間搬弄是非。」

傅華苦笑說：「我也想啊，可是他根本就不給我這個機會啊，他現在都不願意跟我直接通話了，有什麼事情還需要經過秘書傳話。」

章旻聽了說：「那這誤會大了。」

傅華笑笑說：「算了，我也沒在怕的，走一步看一步吧。」

章旻說：「我也幫不了你什麼啦，自己小心吧。」

在第三天召開的黨員生活會上，穆廣首先作了檢討，說自己在酒後去跟一家企業的管理者說了不應該說的話，很不應該，現在他已經認識到了錯誤，因此向組織上作深刻的檢討。

金達在其後也作了檢討，說穆廣這種行為，他也應該負一定責任，他作為一個領導，沒有及時發現穆廣這種思想上的錯誤，有相當大的責任。

兩人的檢討都很深刻，卻對檢討的原因語焉不詳，在座的人都一頭霧水。

會議之後，很快就有好事的人從各自的管道打聽到了事情的來龍去脈，於是海川政壇開始流傳說金達和穆廣想要擺佈傅華，卻反被傅華擺了一道的事，很多人知道傅華帶安德森公司來考察卻被金達和穆廣冷遇的事，於是這個傳言又多了幾分可信的因素。

張輝感覺自己躲得時間已經夠久了，可以露面去看看海平區政府對雲龍公司旅遊休閒度假區調查的如何，就打開手機，想要跟陳鵬聯絡一下。

張輝知道自己離開海平區政府之後，他這次的採訪目的整個就暴露了，隨即而來的一定是各方面來找他說情的人。這些年他在採訪中經常會遇到這種狀況，早有足夠的應對經驗。

他沒回自己父母家，只打了電話跟他們說要去拜訪朋友，就進山去看一個他兒時的朋友，然後就住在山裏。這也是為什麼錢總翻遍海川市大小旅社酒店而找不到他的原因。

手機開機後，隨即就響起了很多訊息傳來的聲音，張輝翻看了一下，都是這幾天來電

未接的通知。其中還有幾條是他弟弟發來的簡訊，這可不能忽略，他趕忙打開來看，只見弟弟發來訊息，說媽媽病了，很嚴重，叫他見到簡訊速歸。

張輝多少有些懷疑這條簡訊的真實性，猜想是不是有人找到家裏去，逼著他弟弟發了這條訊息。可是他也不敢對此不聞不問，萬一母親真的病了，他可就不孝了。

張輝趕忙撥打弟弟的電話，弟弟著急地說：「哥啊，你的電話怎麼這些天都打不通啊？媽媽病了，已經在床上躺了好幾天了，你快回來看看吧。」

張輝一聽十分著急，看來母親真是病了，趕忙問道：「媽媽是什麼病啊？怎麼沒送醫院治療啊？」

弟弟說：「是急性肺炎，已經去醫院打了好幾天點滴了，可是媽住不慣醫院，非要鬧著出院，醫生看狀態比較穩定了，就讓她出院在家繼續療養。」

張輝說：「你怎麼這麼不懂事啊，媽那是心疼錢才不肯住院的。」

弟弟無奈說：「我也知道啊，可是我說服不了她，你快回來吧，她一向都聽你的，你趕緊回來勸她去住院吧。」

張輝說：「我現在在山裏，馬上就搭車趕回去。」

張輝就掛了電話，趕緊搭車趕回了家裏。

一下車，他匆忙推開家裏的院門，就要衝進母親的房間，去看看母親的狀況，可是當他推開堂屋的房門時，不由得愣住了，堂屋裏坐滿了人，有認識的，也有不認識的；認識的是他的父母和弟弟，還有村裏的書記和村長，不認識的則是幾個外地面孔的人。

這一瞬間，張輝馬上意識到他被自己的家人出賣了。

這時，堂屋裏的人已經看到了張輝，弟弟就喊道：「哥，你可回來了。」說著，弟弟就迎了出來。

一個五十多歲、商人面孔的男子也跟著弟弟迎了出來，此時張輝已經無法退走，只好狠狠地瞪了一眼弟弟，說：「你幹什麼，怎麼敢拿媽媽的身體跟我開玩笑。」

弟弟乾笑一下，說：「我不這麼說，你是不會回來的。來，哥，我給你介紹，這位是雲龍公司的錢總，他找你好幾天了。」

錢總立即伸手出來，說：「久聞張記者的大名了，今日一見，真是三生有幸啊。」

張輝沒有伸手，只是搖搖頭說：「錢總，我真是服了你了，工作竟然做到我家裏來了。」

錢總有些尷尬的把手收了回去，說：「這是沒辦法的事情，張記者您要報導的事情，牽涉到我們企業的生存大計，我豈敢馬虎啊？」

這時村長和支書都走了出來。支書笑笑說：「小輝啊，有什麼話我們進屋說好不好？」

支書和村長都是張輝的長輩，張輝不好太不給兩人面子，也知道今天這個局面不是一兩句話就能結束的，就說：「好吧，大家一起進屋吧。」

進了屋，張輝的媽媽說：「小輝啊，你別怪你弟弟，支書和村長為找你已經來了很多趟了，你弟弟還要在這村裏生活的。」

張輝知道弟弟肯定是磨不過鄉親的面子才這麼做的，這也不能怪弟弟，事情都是由自己而起，不應該由弟弟來承擔這個壓力。

張輝看了村長和支書一眼，說：「大家打開天窗說亮話吧，兩位大叔不會也是為了我要報導雲龍公司的事才來的吧？」

支書不好意思的說：「小輝啊，還真是這件事情，區長把我和村長兩個找了去，說雲龍公司的項目是區上的重點項目，區裏要保障這個項目的順利進行，要我們一定要想辦法說服你不要報導這件事情。小輝啊，我們也算是你的長輩，你給我們這兩張老臉點面子，這件事你就不要報導了。」

張輝苦笑說：「兩位大叔，不是我不給你們面子，實在是這是我的工作，我不報導，無法跟單位交差啊。」

張輝是想用單位的名義把兩人的說情給擋回去，在農村人的心目中，單位這兩個字是很重的，抬出單位來，村長和支書就不好再說什麼了。

錢總在一旁笑了笑說：「張記者，您如果是擔心單位上無法交差，這很好辦，我想您這次如果不交稿，也不會有人過問的。」

張輝馬上就聽懂錢總已經想辦法擺平報社了，便說：「錢總，你真是無所不用其極啊，既然你已經擺平了報社，何必再來找我呢？」

錢總說：「我是擔心張記者在別的什麼媒體上發佈，張記者，我這可是好幾億的投資，如果出了麻煩，可是要賠上身家性命的，您就抬抬手吧，您抬抬手大家都能過得去，大家就都是好朋友。」

支書也附和說：「是啊，小輝，這個項目是區裏的重點招商項目，你如果給搞砸了，區裏也是不好過的，你給大家個面子，我們都會對你心存感激。你們家對村裏有什麼要求，村裏可以馬上解決，村裏解決不了，我們也可以報區上給你解決的，你何必讓我們這麼為難呢？」

張輝說：「我不是要讓你們為難，可是雲龍公司這件事情是違背國家規定的，是不合法的，我不能看到了還不去管。」

母親看看張輝，說：「小輝啊，算媽求你，這件事情你就放手吧。」

張輝說：「不行啊，媽，這是我的工作，您就別瞎摻合了。」

母親繼續哀求著：「我求你了，就這一件事情，你就答應媽吧。」

張輝為難說：「哎呀，您讓我怎麼說呢……」

張輝話還沒說完，母親就一下子跪到了他的面前，他這下子慌了，連忙伸手去攙扶母親。

張輝說：「媽，您這是幹嘛啊，先起來再說。」

母親卻不肯起來，說：「小輝啊，你不答應我放棄這件事情，我就不起來。」

張輝說：「媽，您知道這是我的工作，您不要為難我。」

母親說：「小輝啊，媽知道這是你的工作，可是你也要知道媽的難處。你採訪完了，可以拍拍屁股去北京，當什麼事情也沒發生過；可是我和你爸還有你弟弟還要在這片土地上生活，你把這邊的人都得罪光了，大家抬頭不見低頭見的，你讓我們在這邊怎麼活啊？」

張輝這時候才意識到，自己把家鄉的高爾夫球場作為切入點展開採訪是多麼的不明智了。母親說的很有道理，是呀，自己可以不畏壓力，堅持做完這次的採訪報導，可是自己的父母兄弟都在這片土地上生活，他們要為這次採訪承擔不必要的壓力，甚至未來可能遭到可怕的報復。

他可以不擔心自己遭受報復，可是他不能不擔心親人們遭到報復，更何況這個報復還是自己牽累他們的。

張輝心情沮喪到了極點，知道這次精心準備的採訪到此算是徹底失敗，他長長地嘆了口氣，說：「媽，我答應你，我放棄這次的採訪了，你起來吧。」

張輝這句話一說出來，滿屋子的人都鬆了口氣，錢總也過來跟張輝一起把母親攙扶起來，然後笑著說：「這就對了嘛，張記者，我們跟誰都可以過不去，可就不能跟自己的鄉親過不去啊。」

張輝看著錢總，苦笑著說：「錢總，我是真服了你了。」

錢總笑笑說：「也不是啦，是張記者照顧我能繼續吃口飯而已，我心中十分感激，走走，我請張記者吃頓便飯，你這個朋友我可是一定要交的。」

張輝說：「錢總，你已經達到目的了，吃飯就沒必要了吧？」

弟弟這時走過來說：「哥，人家錢總也是一番好意，你就給他個面子吧。」

張輝瞅了弟弟一眼，心中明白弟弟為什麼會熱心這件事情了，肯定弟弟也被錢總收買了。

支書和村長也在一旁勸說：「小輝啊，錢總是實心人，他請你也是交個朋友，去吧，去吧。」

張輝心說算了，自己已經放棄了一個記者最根本的原則，又何必在吃飯這細節上矜持呢，婊子都已經做了，更沒有必要豎牌坊了。

張輝說：「好啦，我去就是了。」

錢總笑笑說：「這就對了嘛，我一看張記者就是個爽快的人，今天說好不醉不休啊。」就拉起張輝的手，說：「走走。」

弟弟跟著過來搶過他拎的採訪包，兩人一左一右，像是架著張輝往外走一樣，張輝心中忽然有一種滑稽的感覺，他覺得自己像是被弟弟和錢總綁架了一樣。

張輝的父母留在家裏，不肯去參加宴會，其他人坐上了車，汽車直奔海川市區而去。

到了海川市大酒店，張輝下了車，跟著錢總走進了酒店的大廳，一個熟悉的人早就等在了大廳裏。張輝苦笑著迎過去說：「陳區長，你看看，怎麼好意思讓您等我，領導都這麼忙。」

這個熟悉的人就是前幾天才見過的海平區區長陳鵬，張輝既然已經放棄報導，為了自己的親人，也不得不跟這些家鄉的父母官周旋一下。

陳鵬跟張輝握了握手，笑笑說：「再忙也不能怠慢了你這位來自北京的大記者啊。」

眾人就一起進了一個豪華的大包廂。

陳鵬來了，支書和村長還有張輝的弟弟就有些拘束起來，他們很知道分寸的坐到了角落裏去。錢總和陳鵬則是一左一右坐到了張輝的身邊。

酒菜自然都是挑最好的，喝起酒來，氣氛就熱鬧了起來，從陳鵬和錢總開始，大家輪番敬張輝的酒，大家勾肩搭背，交頭接耳，一番酒酣耳熱的模樣，不知道的人看了，還會以為他們是多年交好的朋友呢，哪知道前不久這兩班人馬還互鬥著心思。

今天喝的是高度的白酒，又喝得很猛，不一會兒就有人露出了醉相。

最先露出醉相的是錢總，按說他的酒量本來是很好的，可是這幾天他被張輝這件事鬧得是寢食難安，現在折騰了半天，總算是把張輝給擺平了，心理一放鬆下來，這些天承受的壓力反而讓他有點不勝酒力，說話就開始有點把不住門了。

錢總拉著張輝的手，臉紅著說：「張記者，這幾天你真是讓我找得好苦啊，還是你們記者好啊，拿著照相機四處拍一拍，然後把稿子寫好，錢就來了，多輕鬆啊。哪像我成天四處瞎忙不說，只要有一點做的不好就受埋怨，哎，苦啊。」

張輝客套著說：「你這幾億身家的大老闆還喊苦，那我們這些每個月只賺幾千大毛的人不知道要怎麼活了。」

錢總苦笑說：「你不懂的，你以為我成天坐豪華汽車、美酒美食，就過得很幸福嗎？不是的，你知道我要擺平多少關節啊，不說別人，就說市裏的穆廣副市長吧……」

陳鵬在一旁並沒有喝太多酒，他在這種場合本能的保持著一種清醒，聽錢總越說越不像樣了，還把穆廣給牽出來，更怕錢總把他也扯進去，趕忙打斷了錢總的話，說：

「錢總，你說什麼呢，我們跟張記者聊得好好的，你瞎說什麼。來，張記者，我敬你

一杯，我可跟你說啊，下次回來可不准不聲不響了，你要給我們基層的這些幹部接觸北京來的領導的機會。對了。」

說著，又指了指支書和村長，說：「我把這個責任交給你們了，只要你們看到張記者回來，就要馬上向我彙報，知道嗎？你們如果知情不報，我可不會放過你們。」

張輝乾笑了一下，說：「陳區長在我家裏都布上了崗哨，這是不想讓我回來啦。」

陳鵬笑笑說：「哪裡，我是想多接觸一下北京來的領導不是?!」

張輝說：「陳區長，您不要這麼說，我只是一個記者，可不是什麼北京來的領導。」

陳鵬說：「我們都是些鄉下人，見了北京來的，都認為是領導。」

張輝知道再跟陳鵬說下去一定會纏夾不清的，他其實更關心剛才錢總提到的穆廣，難道說穆廣也牽涉到這其中了嗎？

記者的本性讓他很想探聽清楚，便不去理陳鵬，轉頭問錢總：「錢總，你剛才說市裏面的穆廣副市長，難道說穆廣副市長跟這個項目也有關聯？」

錢總剛才差一點順口說出他和穆廣的關係，幸好陳鵬及時制止了他，饒是這樣他也驚出了一頭冷汗，他在瞬間清醒了過來，暗罵自己幾口黃湯下肚就不知道自己姓什麼了，這種事豈是能夠隨便說的，尤其是還當著張輝這個記者面前。

錢總心中並不認為張輝來採訪他們建的這個高爾夫項目是為了什麼崇高的目的，他覺得張輝是想抓住他的把柄，敲他的竹槓的。

他見過不少記者打著採訪的名義大敲竹槓，現在聽張輝又問起穆廣來，肯定是自己剛才的話讓這個敏感的傢伙又嗅到什麼味道了。錢總心裏暗罵張輝實在是太過分了，自己剛為擺平他付出一筆很大的代價，他又想刺探新的情報了。

錢總笑笑說：「其實也沒什麼，當初我們來海平投資的時候見過穆廣副市長，當時我們一起坐在主席臺上，還聊過幾句，就這樣而已。」

張輝心裏暗自好笑，知道錢總已經警覺起來，再問下去也問不出什麼來了，也只好作罷。

陳鵬見話題又扯到了穆廣身上，擔心再說下去，錢總又不知道說些什麼出來，趕忙陪笑說：「錢總，你是怎麼回事啊，一個勁的跟張記者說話，不捨得酒是吧？」

錢總笑說：「看陳區長說的，我怎麼會不捨得酒呢？來張記者，這杯我敬你，還是那句話，以後回海平，別忘了還有我這個朋友。」

張輝就和錢總喝了杯中酒，陳鵬又示意支書和村長也來敬張輝的酒，他們目標一致，一來二去，張輝也有些不勝酒力，便推辭不肯再喝了。

陳鵬說：「那怎麼可以啊，你好不容易回來這麼一次，怎麼也得喝痛快了。」

張輝已經感覺有點坐不住了，伸手捂住了杯子，說：「好啦，陳區長、錢總，你們別勸我喝了，我知道你們想要什麼，弟弟，把我的採訪包拿過來。」

張輝的弟弟把採訪包遞了過來，張輝從包中拿出了自己這些天已經寫好的採訪稿和拍攝的照片，把這些狠狠的放到了錢總的面前，說：「這些東西都給你，可以了吧？」

錢總被弄得有些不好意思起來，說：「張記者還真夠義氣，好，夠意思。」

錢總便將這些資料收了起來，交給他的隨行人員。

張輝眼睜睜看著自己的心血就這樣被人拿走，心中的無奈一時無法言說，悲上心來，加上他的酒勁也上來了，竟然趴在桌上嚎啕大哭起來。

這一哭頓時讓其他人尷尬了起來，陳鵬也不知道該怎麼去解勸，只好看了看錢總，說：「張記者喝醉了，你趕緊送他回去吧。」

錢總就安排人攙著張輝，把張輝送回了家。

張輝離開後，陳鵬瞅了一眼錢總，說：「老錢，你今天怎麼回事啊？」

錢總知道陳鵬是在埋怨自己在張輝面前露出穆廣的事情，他乾笑了一下，說：「我那是不小心了，今天真邪門了，本來我喝那麼多酒是沒事的。」

陳鵬瞪了錢總一眼，說：「老錢，我可跟你說，一個嘴巴不嚴的人，是沒有人會跟他做朋友的，不然的話，被他害死了都不知道。幸好今天我不放心也過來了，不然你的禍可就闖大了。」

錢總點點頭，說：「我知道，我當時也是驚出一身的冷汗，我下次再也不敢這樣子喝酒了。」

陳鵬說：「你知道就好。」

錢總看了看陳鵬，說：「你說這張輝真的算是被擺平了嗎？」

陳鵬冷笑一聲說：「稿子和照片都交出來了，他還能怎麼樣？再說他媽都給他跪下了，他再不識趣，他的家人也不會放過他的。」

錢總說：「也是，沒想到這些所謂的名記者就這麼點本事啊。」

陳鵬嗤之以鼻說：「你以為他們是什麼人，他們就賺那麼點工資好幹什麼？還不是靠敲這種竹槓過活的？這種記者就是誰給錢就給誰幹，媽的！跟做婊子的沒兩樣。」

兩人哈哈大笑了起來，便各自上了車離開了。

再出現在傅華面前的張輝是一臉的喪氣。

傅華取笑說：「大記者什麼時候回來的？」

張輝苦笑了一下，說：「別叫我大記者了，聽著刺耳。」

張輝從海川是飽受挫折回來的，他不得不放棄原來的採訪報導，這讓他感覺自己記者應有的職業準則和操守已經失去了。他有一種屈辱感。

更讓他難受的是，他跟報社總編報告說這次採訪失敗了，總編卻似乎一點都不意外，只說沒有資料就算了，這個報導就緩一緩吧，等有合適的時機再做。顯然總編已經知道了張輝在海川的情形，而且也期望這種結果的發生。張輝只能無語。

可是張輝心中是憋屈的，他有一種煩躁的情緒無處發洩，這種話題在同事之間也不好說，所以來到駐京辦，想要找傅華聊天。

傅華見張輝這樣說，便問：「怎麼了，你這次回去見父母遇到了什麼不好的事嗎？」

張輝反諷地說：「不是不好，而是太好了，我被人家盛情款待了一番，我家人也跟著沾光得了不少好處，這能說不好嗎？太好不過了。」

傅華說：「我怎麼聽著像是反話啊？究竟發生了什麼事情啊？」

張輝就講了自己回去的遭遇，講完之後，無奈地說：「傅主任，我這半生的清名就這樣毀於一旦了。整個事情搞下來，讓我像吃了蒼蠅一樣難受。」

傅華笑笑說：「你別放在心上啦，你這樣做也是可以理解的，畢竟那是自己的父母兄弟，你也不想他們生活的不好，是不是？」

張輝看看傅華，說：「換成是你，你也會這麼做嗎？」

傅華點點頭說：「我會，我也是人，我也有我必須要顧到的親情。」

張輝聽了說：「你這麼說，我心裏還舒服些。哎，傅主任啊，你說現在這些官員是不是都在傍大款啊，你看這一次，陳鵬我就不去說他了，竟然後面還有一個穆廣。」

傅華對穆廣跟錢總之間的關係並不意外，只是他沒想到錢總這麼口無遮攔，竟然在張輝面前說出來，還想說出他是如何擺平穆廣的，簡直太過猖狂了。不知道穆廣知道這件事情又會作何感想？

傅華也不好表什麼態，便說：「經濟社會嘛，這種事情是很難免的。」

張輝嘆說：「這社會太複雜了，不管了，走走，我們找地方喝酒去吧。」

那一晚，張輝再次喝得酩酊大醉，傅華知道他是想要借酒澆掉心中的塊壘，傅華心中也是一肚子苦水，索性就陪張輝一醉。

傅華最後不知道自己是如何回到家的，半夜時分，頭痛的他感到白花花的燈光分外刺眼，腦海裏一片空白，環顧一下四周，好半天才弄明白自己是在家中的臥室裏。

進了洗手間，他坐在馬桶上，肚子裏翻滾著，噁心欲吐卻吐不出來，難受到了極點，渾身頓時冒起了一陣虛汗。

坐了好久，傅華才感覺好一點，站起來洗了把臉，看著鏡子裏蒼白的臉，那張臉上顯現出他滿心的疲憊，他朝著鏡子裏的自己苦笑了一下，心說：傅華啊，這就是你想要的生活嗎？

這一刻，傅華開始懷疑生活的意義，他不過三十出頭，卻對工作感到如此疲憊，這種工作還值得做下去嗎？他留戀在駐京辦這個職位，是不是自己已經習慣了這種舒適的生活，不想去面對新的挑戰了？

許多沒有答案的問題湧上來，讓傅華的腦袋更加昏沉沉的，他只好放棄尋求答案，回到床上，在酒精的刺激下再次睡了過去。

等他醒來已經天亮了，雖然昨晚傅華陷入情緒的低潮，產生了很多生活意義之類的疑問，可是他還暫時無法從現實狀況中解脫出來，也就老老實實的上班去了。

上午十點左右，傅華接到了招商局王尹局長的電話。

王尹說：「傅主任啊，安德森公司通知我們招商局，他們董事會初步同意把生產基地設在海川，所以他們馬上就要派人來海川展開細節方面的談判。」

傅華高興的說：「這太好了，市裏面應該立即做好準備工作。王局長，你們可要好好接待啊，這可是一個優質的公司。」

王尹說：「我也知道這是一個很好的客商，也會盡力把他們留在海川，所以呢，我想，傅主任你能不能回來參加這次談判啊？」

傅華說：「我就沒必要了吧，我把安德森公司領回去，我這個駐京辦主任的招商責任就了結了吧？」

傅華不想參與安德森公司的談判，是因為他不想去面對金達和穆廣的冷臉，尤其是這當中還有很多事情需要跟領導彙報，到時候，他不管跟穆廣彙報或是直接跟張琳報告，都十分的尷尬，索性不如避開的好。

但是王尹卻不給傅華避開這個麻煩的機會，他說：「傅主任，也不能這麼說吧，安德森公司是你拉來海川的，他們的ＣＥＯ對你的印象很好，這次他們還特別問到了你，如果談判的時候你不出面，怕他們會覺得不太好的。保險起見，你還是回來一下比較好。」

傅華推辭說：「王局長，我北京這邊的事務也很多，這種細節的談判由你們招商局負責就好了，我就算回去，也不過是陪太子讀書的角色，何必呢。」

王尹仍不放棄，繼續遊說道：「傅主任，你不能這樣吧，你不會把這個燙手山芋留給老哥我自己來處理吧？」

傅華有些不好意思起來，他笑笑說：「王局長，你這是什麼意思啊？」

王尹說：「老弟啊，你不用裝糊塗了，安德森公司這事情如果好處理，你也不必推三阻四的不肯回來了。再說，這裏面很多事情都是你經手的，你不能把事情弄成這樣子之後，全都丟給老哥我一個人來處理吧？」

王尹的困局實際上跟傅華是一樣的，這件事本來是隸屬市政府管轄，上一次安德森公司來考察，傅華因為金達和穆廣不肯出面接待，求好心切，就沒有考慮太多，請了市委書記張琳出面送湯姆離開。這讓王尹這次要面對的局面複雜了起來。

現在在海川政壇，很多人都知道張琳和金達穆廣之間有心結，這兩派之間的爭鬥還沒有明顯分出個高下，王尹不想現在就冒險的把自己歸於哪一邊去，因此他想讓傅華回海川參與這件事情，傅華回來，可以把問題簡單化，由傅華去處理彙報的事，他也可以暫時相安無事。

傅華明白王尹心中在想什麼，便笑笑說：「王局長啊，我回不回去，並不是我自己就可以決定的，這件事情你要問上面的意思。」

傅華是想讓王尹去請示穆廣，如果穆廣讓自己回去，那他自然必須回去；可是如果穆廣不想讓他回去，那他就是想回去幫忙也是不行的。

王尹想想，這件事也確實需要穆廣點頭，便說：「這可是你說的啊，那好，我去跟穆廣副市長請示一下。」

傅華說：「行，如果穆副市長說讓我回去，我就回去配合你們。」

王尹就找到穆廣，彙報了安德森公司想要來海川的事情。

穆廣聽完，點了點頭說：「這是好事情，你們招商局要做好相應的準備工作。」

王尹又說：「我們會做好準備工作的。對了，穆副市長，還有一件事情要請示您，上次安德森公司來海川，傅主任也參與了考察接待工作，安德森公司的人對他的印象相當好，這次還問到了他，您看是不是讓傅華同志也參與這次的談判工作？」

穆廣其實是不想見到傅華的，便問：「有這個必要嗎？」

王尹看出穆廣並不是太願意傅華回來，可是傅華不回來，他的困局就幾乎無解，便為難地說：「有沒有必要很難說，我是想儘量做到讓談判能夠成功，所以……」

穆廣沉吟了一會兒，前些日子他已經因為順達酒店的事給省委書記郭奎種下了一個很惡劣的印象，如果這次再因為他沒讓傅華回來導致招商失敗，那他必然要承擔造成這種後果的責任，這可不是穆廣所樂見的局面，因此他也不敢硬攔著讓傅華不回來，便說：

「那好吧，你通知傅華，就說市裏面需要他回來參加這次的談判工作，讓他暫時放下手頭的工作趕回海川。」

王尹心中暗喜，立刻說：「好的，我馬上通知他。」

請續看《官商鬥法》十七 巨額利益

官商鬥法 十六 致命武器

作者：姜遠方
發行人：陳曉林
出版所：風雲時代出版股份有限公司
地址：105台北市民生東路五段178號7樓之3
風雲書網：http://www.eastbooks.com.tw
官方部落格：http://eastbooks.pixnet.net/blog
Facebook：http://www.facebook.com/h7560949
信箱：h7560949@ms15.hinet.net
郵撥帳號：12043291
服務專線：(02)27560949
傳真專線：(02)27653799
執行主編：朱墨菲
美術編輯：風雲時代編輯小組

法律顧問：永然法律事務所 李永然律師
北辰著作權事務所 蕭雄淋律師

版權授權：蔡雷平
初版日期：2015年12月
初版二刷：2015年12月20日
ISBN ：978-986-352-236-2

總 經 銷：成信文化事業股份有限公司
地　　址：新北市新店區中正路四維巷二弄2號4樓
電　　話：(02)2219-2080

行政院新聞局局版台業字第3595號 營利事業統一編號22759935

定價 ：280元　　特惠價 ：199 元

國家圖書館出版品預行編目資料

官商鬥法 ／ 姜遠方 著. -- 初版. -- 臺北市：
風雲時代，2015.01 -- 冊；公分

ISBN 978-986-352-236-2（第16冊；平裝）

857.7　　104011822